SPEGtakuläre Geschichten
　　　　　　　...Blutfeden, Milfs, Space-Flüchtlinge...

Bibliografische Informationen der Deutschen Nationalbibliothek:
Die Deutsche Nationalbiliothek verzeichnet diese Publikation
in der Deutschen Nationalbibliografie, detaillierte bibliografische
Daten sind im Internet über http://dnb.dnb.de abrufbar.

©2016 SPEG
Herstellung und Verlag
BoD – Books on Demand, Norderstedt

ISBN: 978-3-7431-5293-9

Willkommen bei SPEG!

SPEG hat einen großen Kopf und streckt seine Arme nach allen Seiten aus.

Greift sich die besten Ideen aus dem Meer an Möglichkeiten und verarbeitet sie zu einem kreativen Erzeugnis aus Tinte. SPEG taucht ab in die unterschiedlichsten Genre: Drama, Humor, Liebe, Science-Fiction…

SPEG
steht für **S**chreib**P**otenzial**E**ntwicklungs**G**emeinschaft. Gefunden haben wir uns über eine Schreibwerkstatt. Seitdem treffen wir uns regelmäßig, schreiben, philosophieren und diskutieren zusammen.

Als Inspirationsquellen dienten uns Partnerschaftsanzeigen, Cocktailkarten und asiatische Weisheiten. Sogar der Inhalt von sieben Handtaschen sowie einer Original LKW-Plane-Umhängetasche mussten als Stichwortgeber herhalten.

Ein Potpourri unserer besten Geschichten haben wir für Sie zusammengestellt. Wir hoffen, Sie haben beim Lesen genauso viel Spaß wie wir beim Schreiben.

SPEGtakuläre Grüße!

Nie wieder Anhalter!

Ich war sportlich mit meinem Wagen auf dem Autobahnzubringer unterwegs, als sie plötzlich am Straßenrand stand. Sie hatte ein riesiges Schild in der Hand, auf dem sie mit großen Buchstaben „Rom" geschrieben hatte. Zusätzlich war der Ortsname noch dick unterstrichen.

Es war ihr Glückstag, dass gerade ich vorbeikam, denn ich war geschäftlich auf dem Weg nach Rom. Da sie optisch recht ansprechend war, beschloss ich anzuhalten und sie mitzunehmen.
„Sie haben Glück, ich muss auch nach Rom", sagte ich, als sie einstieg. „Wirklich?", fragte sie „Da habe ich ja mal richtig Glück."
Ich fuhr los. Sie saß schweigend neben mir.
„Tolles Auto fahren Sie", sagte sie plötzlich.
„Man fährt, was man bekommt", antwortete ich.
„Wieso?", fragte sie.
„Das ist ein Mietauto. Mein Wagen steht in der Werkstatt. Habe ein Duell um die Vorfahrt verloren", erklärte ich ihr.
Nach einer weiteren Zeit des Schweigens fragte sie mich, was ich in Rom mache. „Verkaufsleiterschulung, Thema Kommunikation", antwortete ich knapp.
„Und welche Branche?"
„Kosmetik", erwiderte ich.

Sofort war ihr Interesse geweckt. Sie erzählte, dass sie Nageldesignerin sei und ein eigenes Nagelstudio betreibe. Wir unterhielten uns ausgezeichnet. Ich überquerte bei Kufstein die Grenze von Deutschland zu Österreich.

Sie schaute mich irgendwie seltsam an und fragte, ob ich richtig sei. So sei sie noch nie nach Rom gefahren. Ich beruhigte sie mit den Worten:

„Keine Sorge, ich fahre häufiger nach Rom. Der Kutscher kennt den Weg."

Im Laufe unseres Gespräches erfuhr ich, dass sie sich gerade erst mit ihrem Nagelstudio in Rom selbstständig gemacht hat. Zwischendurch sagte sie immer mal wieder, dass sie so noch nie gefahren sei. Welche Strecke sie denn immer fahre, wollte ich wissen. Sie faselte was von A24 und B191. Als ich den Brenner nach Italien überfuhr, bestand sie darauf, dass ich umdrehe, denn ich sei falsch.

„Was für ein Blödsinn, in ein paar Stunden sind wir da", sagte ich schroff. Wir schwiegen, wobei sie eigentlich schmollte und dann einschlief. Ich weckte sie, als ich an dem Ortsschild „Roma" anhielt.

„So wir sind da", sagte ich leicht triumphierend. Sie sah zuerst das Ortsschild an und dann mich. Völlig unerwartet, verpasste sie mir eine Ohrfeige, nannte mich ein Arschloch und holte ihr Anhalterschild von der Rückbank.

„Rom!" schrie sie mich an. „Nicht Roma!"

„Rom, Roma, das ist doch dasselbe. Bella Italia", belehrte ich sie.

„Nein!" schrie sie jetzt schon fast hysterisch und zeigte auf ihr Schild.

Da erkannte ich, dass das „Rom" nicht dick unterstrichen war, sondern dass Mecklenburg-Vorpommern darunter stand. Sie packte ihre Sachen und verließ meinen Wagen. Sie sagte weder tschüss noch danke.

Ich glaube, sie war ein wenig verärgert über diese kleine Verwechslung. Erst trat sie vor den Mast mit dem Ortsschild und dann mit voller Wucht in den Kotflügel meines Mietwagens. Das war wirklich nicht nett von ihr, ich hatte später echt Probleme das meiner Autovermietung zu erklären.

Ich weiß jetzt, dass Rom zwischen Parchim und Lübz an der B191 in Mecklenburg-Vorpommern liegt. Anhalter habe ich seitdem nie wieder mitgenommen.

Auf Hochzeiten und Beerdigungen fällt es schwer, die richtigen Antworten zu geben – asiatische Weisheit

Katharina stand im Flur vor dem Spiegel und betrachtete ihren Körper. Sie hatte schon ein bisschen zugenommen, nicht viel. Ihre schwarze Lieblingshose saß am Bund jetzt etwas enger. Aber eigentlich gefiel ihr das ganz gut.

Sie drehte sich nach links und schaute sich von der Seite an. Und noch mal von vorne. Da sieht man die neuen Rundungen fast gar nicht, stellte sie fest.
Ich bin gespannt, ob Oliver was auffällt. Er ist heute aber früh dran, dachte sie, als sie hörte, wie er den Schlüssel umdrehte.
Sie beschloss, das Licht auszumachen. Dann begab sie sich hinter die Badtür und wartete.
Wieso brauchte er denn so lange mit dem Aufschließen?

Die Tür ging auf, Oliver machte jedoch, entgegen seiner Gewohnheit, das Licht im Flur nicht an. Hatte er vielleicht eine Überraschung für sie? Ist heute der Tag, machte er ihr heute den ersehnten Heiratsantrag?

Sie verhielt sich still, und beobachtete ihn durch den Spalt zwischen Wand und Tür. Ihr Herz pochte wie wild. Das war nicht Oliver! Diese Person war kleiner, schmächtiger. Sie bewegte sich jetzt im Dunkeln in Richtung Wohnzimmer.

Katharina vergewisserte sich mit einem kurzen Blick, dass der Einbrecher nicht mehr im Flur war. Leise schlich sie aus dem Bad und fand die Wohnungstür nur angelehnt vor. Schnell huschte sie durch die Tür ins Treppenhaus. In der Dunkelheit stieg sie ein Stockwerk tiefer und dann noch eins.

Was sollte sie jetzt tun? Sie hatte keinen Schlüssel und kein Handy. Keine Jacke, ja nicht einmal Schuhe hatte sie an.

Durch die Scheibe der Haustür sah sie ihre Nachbarin Gudrun, die gerade aufschließen wollte. Katharina kam ihr zuvor, zog die Nachbarin mit auf die Straße und fragte sie, ob sie deren Handy benutzen dürfe, denn sie müsse dringend telefonieren.

Die verdutzte Nachbarin hörte, wie Katharina ihren Freund anrief, und ihm erzählte, was gerade in ihrer Wohnung vor sich ging.

Gudrun war eine resolute Frau, sie wählte zuerst den Notruf, um Meldung zu machen, und vergaß auch nicht, zu sagen: „Und bitte bei Wanzl klingeln." Bis die Polizei da war, mussten sie den Einbrecher in Schach halten. Der sollte ihnen nicht entwischen.

Die beiden Frauen betraten hastig Gudruns Wohnung

im ersten Stock. Sie planten, Katharinas Wohnung mit dem bei Gudrun hinterlegten Ersatzschlüssel von außen abzuschließen. Den Schlüssel wollten sie stecken zu lassen, damit der Einbrecher erst einmal gefangen war. Das Ganze musste schnell gehen.

Da der Ersatzschlüssel jedoch nicht an seinem Platz hing, beschloss Gudrun, sich allein ins Treppenhaus zu wagen, bewaffnet mit dem Gehstock ihres Opas, einem wunderbaren Erbstück mit Messinggriff. Mit diesem wollte sie dem Räuber notfalls eins überziehen oder ihn stolpern lassen.

Katharina war noch etwas mitgenommen und wollte solange hinter der Wohnungstür warten.

Gudrun stand schon fast fünf Minuten vor ihrer Wohnung und spitzte die Ohren. Bis sie endlich ein Klingeln und darauf folgend den Türsummer vernahm Das Licht im Treppenhaus ging an. Zwei uniformierte Männer kamen ihr entgegen. Sie zeigte ihnen, wo der Einbrecher sich befände.

Die Tür zur Wohnung im zweiten Stock war noch angelehnt.

Die Polizisten traten ein, Gudrun stapfte hinterher.

Inzwischen war es im Treppenhaus wieder dunkel geworden. Die Straßenlaterne gab jedoch genug Licht, so dass man im Wohnzimmer den Umriss einer dunkel gekleideten Person erkennen konnte.

Gudrun stoppte und hielt den Atem an, als der

Unbekannte sich langsam umdrehte. Er hatte ein Handy am Ohr und sagte:

„Du, Oliver, ich glaube, es gibt Probleme, ich muss hier erst mal was klären."

„Ja, dann erklären sie uns mal, was sie hier tun", wurde der Telefonierende aufgefordert.

Gudruns Blick streifte durch das Wohnzimmer, ein riesiger Blumenstrauß mit roten Rosen stand auf dem Esstisch.

Der Mann, der sich als Olivers Kollege Jörg Zenker zu erkennen gab, bückte sich jetzt, um den Abschluss einer Papiergirlande aufzunehmen. Er hatte einen Teil ins Fenster eingeklemmt, für das andere Ende hatte er keine Befestigung gefunden. So stand er entschuldigend da.

„KATHARINA, ICH LIEBE DICH, WILLST DU MEINE FRAU WERDEN?"

Die bunten Buchstaben der Girlande bezeugten, dass Jörg Zenker die Wahrheit sprach.

„Bleib genau so stehen, ja danke." Katharina machte ein Foto dieser komischen Situation. Sie war es, die den Polizisten aufgemacht hatte, und erst dann hatte sie sich wieder in ihre eigene Wohnung getraut.

Mit den Worten, das erlebe man nicht alle Tage,

empfahlen sich die erheiterten Staatsdiener. Und Gudrun schlug vor, man könne sich jetzt
auf den Schrecken einen Cognac genehmigen, was Katharina aus gutem Grund ablehnte.
Er müsse nun gehen, meinte Jörg, und weil er etwas Wichtiges vergessen hatte, rief ihm Katharina zu:
„Die Schlüssel bitte". Mit rotem Kopf gab er sie ihr.

Nachdem Katharina versichert hatte, dass es ihr gut gehe, und man sie allein lassen könne, verabschiedete sich auch Gudrun. Im ersten Stock saß bereits ihr Mann Bernhard auf einer Stufe. Wo sie denn so lange gewesen sei. Er hätte am Morgen in der Eile die falschen Schlüssel eingesteckt, aber die alte Frau aus dem Erdgeschoss habe ihn gesehen und hereingelassen.

Nur wenige Minuten später wurde auch Oliver dank der Aufmerksamkeit dieser Nachbarin ins Haus gelassen.
„Guten Abend, Frau Prohaska", grüßte er die alte Dame, die schon seit Urzeiten in der Erdgeschosswohnung lebte. Sie stand, wie so oft, an der geöffneten Wohnungstür, wenn sie jemanden kommen hörte. Frau Prohaska hielt einen schwarzumrandeten Briefumschlag in der Hand. „Ist wer gestorben?", fragte Oliver. Sie nickte und murmelte: „Hochzeiten und Beerdigungen, …..da fällt

es schwer, richtige Antworten zu geben". Oliver gab ihr recht, das sei wirklich nicht einfach, und entschuldigte sich.

Er hastete nach oben, und klingelte an seiner eigenen Wohnung, denn er hatte ja keinen Schlüssel.
Katharina machte die Tür auf. Sie schauten sich an.
„Du warst zu Hause heute Nachmittag?", fragte er verwundert.
Ja, sie sei heute schon um vier Uhr daheim gewesen, sie hatte einen Termin bei ihrer Frauenärztin gehabt. Die hatte ihre Vermutung bestätigt. Ja, sie sei schwanger. Und so eine freudige Nachricht an diesem speziellen Tag, am 15. Februar, ihrem Kennenlerntag!

Katharina erfuhr, dass Oliver ausgerechnet heute länger arbeiten musste, ein sehr wichtiger Auftrag. Deshalb hatte er seinen Arbeitskollegen Jörg schon mal vorgeschickt, um in der Wohnung ein paar Vorbereitungen zu treffen, mit der Gewissheit, dass seine Verlobte noch im Büro war.
Oliver tat es unendlich leid, dass er Katharina einen solchen Schrecken eingejagt hatte.
Er schlug vor, dass sie sich erst einmal setzen sollten, und stellte zwei Sektgläser auf den Tisch. Vom Balkon holte er dann eine Flasche Veuve Clicquot, die er umgehend entkorkte. Da sah ihn Katharina

durchdringend an.

„Ab jetzt wird nur noch mit Mineralwasser angestoßen", legte sie fest. Dann fiel ihr Blick auf die Schachtel, die Oliver aus seiner Jackentasche gezogen hatte. Ein zierlicher Ring mit einem kleinen funkelnden Stein steckte darin, und Oliver stellte die alles entscheidende Frage.

Mit der nun folgenden Antwort hatte er jedoch nicht gerechnet. Sie brauche noch Bedenkzeit, mit zwei Anträgen an einem Tag sei sie ein wenig überfordert. Und zum Beweis zeigte sie ihm das Foto von Jörg, der die Girlande hochhielt. Mit diesem einen überaus wichtigen Satz.

Oliver verstand. Er hatte vergessen, ihr etwas zu sagen. Während er ihr tief in die Augen schaute, kamen ihm die Worte „ich liebe dich" ganz leicht von den Lippen. Katharina zögerte noch. Da fiel Oliver auf die Knie und schrie:
„KATHARINA, ICH LIEBE DICH"
Überwältigt von so viel Pathos, riss Katharina ihren Zukünftigen leidenschaftlich in ihre Arme. Dabei musste er mit dem rechten Arm die Champagnerflasche umgestoßen haben. Sprudelnd und schäumend gab sie ihren kostbaren Inhalt preis, und kullerte dabei gegen die Vase mit den roten Rosen. Was hatten sie da nur angerichtet, das finge ja

turbulent an, meinte Katharina. Aber ja, das war der Mann, mit dem sie ihr Leben verbringen wollte.

Und ganz versonnen schauten sie den letzten Tropfen nach, wie sie das Parkett erreichten.

Man sitzt insgesamt viel zu wenig am Meer

Hannah öffnet die Tür ihres kleinen Obstladens und die leichte Brise, die das Meer als Morgengruß herüberweht, wirbelt ihren langen Rock auf. Ein salziger Duft liegt in der Luft und ein paar feuchte Tropfen setzen sich auf ihrer Wange ab.

Hannah hatte sich vor zwei Jahren ihren großen Traum erfüllt. Sie wollte schon immer am Meer leben. Das Farbenspiel des Wassers beobachten, von tiefem Dunkelblau über Türkisgrün bis hin zu einem leuchtenden Hellgrün, das das Meer beinahe wie eine Wiese leuchten lässt. Die Wellen, die sich aufbäumen und versuchen, einander zu überragen. Immer höher als die Welle zuvor. Schaumbedeckt wie ein wütendes Raubtier klatschen sie wieder auf und kullern sanft an den Strand, wo sich kleine Kinder juchzend in die Wellen werfen, Verliebte händchenhaltend spazieren und sich das kühle Wasser um die Füße kringeln lassen.

Doch das Meer zahlt keine Miete und Hannah verbringt immer weniger Zeit am Wasser. Die Kunden erzählen ihr jeden Tag fantastische Geschichten, wie sie mit dem Boot rausfahren, schwimmen, angeln oder sich seelenruhig im Wasser treiben lassen und eins mit ihm werden.

Hannah lehnt sich an den Türrahmen und schaut auf den blauen Teppich, der sich unendlich weit vor ihr ausbreitet. Ganz sanft wiegt das Wasser vor und zurück. Sie fühlt, wie es sie einlädt. Komm her, komm! Hannah stößt sich vom Türrahmen ab und fällt gegen eine Wand, die sich als Karl entpuppt. Karl liefert jeden Morgen frische Äpfel und möchte auch unbedingt seinen selbstgemachten Most in ihrem Laden verkaufen, was Hannah strikt ablehnt.

„Guten Morgen, Karl", sagt Hannah, als sie sich von dem kurzen Schreck erholt hat.

„Träumst du schon wieder vom Meer?", fragt Karl und drückt ihr eine der schweren Apfelkisten in die Hand, die sie mühelos übernimmt. Karl dreht sich um und holt weitere Kisten aus seinem kleinen Lieferwagen. Die Holzlatten an den Seiten der Ladefläche sind mit Äpfeln in verschiedenen Größen und Farben bemalt – ein kreatives und zugleich geschäftsförderndes Werk seiner 7-jährigen Nichte, die Karl vergöttert und nur „Elfe" nennt. Obwohl der Lieferwagen nur drei Reifen hat und die Ladefläche eines Lego-Autos, ist Karl immer der schnellste und zuverlässigste Lieferant.

Hannah trägt die Kiste in den Laden und beginnt die Äpfel einladend zu drapieren. Das sind die Kunden schließlich gewohnt.

Sie dreht sich um, um zu sehen, wo Karl bleibt. Er hat alle Kisten in ihrem kleinen kühlen Lagerraum hinter der Verkaufstheke abgestellt und lehnt sich nun an den Rahmen der Eingangstür. Die muskulösen Arme sind vor der breiten Brust verschränkt und seine Augen geschlossen.

Hannah stellt sich an die andere Seite der Tür. Die ersten Sonnenstrahlen des Tages kitzeln sie in der Nase. Sie schließt ihre Augen und unterdrückt ein Niesen, das ihr ganzes Gesicht unruhig kribbeln lässt. Genau wie Karl lauscht sie dem Gesang der Wellen.
„Ein langsamer Walzer ist das heute Morgen", flüstert Karl und stellt sich direkt neben Hannah. Obwohl er sie nicht berührt, spürt sie seine ausgestreckte Hand.

„Darf ich bitten?", fragt er und wirbelt sie herum, ehe sie antworten kann.
Sie tanzen zum Takt des Meeres. Karls linke Hand schmiegt sich schützend um Hannahs und wärmt ihre kalten Finger, ihren Handrücken und ihr Herz. Seine rechte Hand liegt sanft auf ihrer weichen Hüfte und zieht sie näher zu sich heran. Mit fließenden Bewegungen führt er sie zur Melodie der Wellen über das frisch gemähte Gras vor ihrem Laden. Hannah schmiegt ihren Kopf an Karls Brust und atmet tief

durch als ein Hupen sie in die Wirklichkeit holt.

„Wohl noch nichts von Arbeit gehört, was?", brummt der stets mürrische Herr von Traunstein und verriegelt die Tür seines klapprigen grünen Kleinwagens. Er stapft zwischen Hannah und Karl hindurch in den Obstladen und stößt mit seinem Gehstock alle Äpfel von ihrem schönen Podest.

„Den da will ich", sagt er und deutet mit dem Stock auf einen schrumpeligen kleinen Apfel.

Mit einem leisen Seufzen löst sich Hannah vom Meer und von Karl um ihren ersten Kunden zu bedienen.

„Man sitzt insgesamt viel zu wenig am Meer", sagt Karl und zwinkert Hannah zu.

„Wir sollten das unbedingt ändern", schlägt sie vor und packt den Schrumpelapfel in eine kleine rote Papiertüte.

„Freitag", sagt Karl.

„Freitag", sagt Hannah.

„Ich gehe jetzt", sagt Herr von Traunstein.

Der kleine weiße Hase

Dicke Schneeflocken sinken auf Neles Strickkappe und werden von dem grobmaschigen roten Wollgarn aufgesogen. Ihre dunkelbraunen Zöpfe, die unter der Kappe hervorlugen, hängen nass auf ihren Schultern. Sie steht fröstelnd vor dem Fenster der Zoohandlung Schmid.
„Hatschi!"
Mit dem Ärmel ihres Parkas wischt sie sich über die Nase. Nele beobachtet den kleinen weißen Hasen mit seinen langen Ohren, dessen flauschige Spitzen sich überkreuzen. Seine Augen sind feuerrot. Mit seiner Nase beschnuppert er den Boden des Käfigs und wirbelt Stroh auf. Seit sie ihn das erste Mal gesehen hat, kann sie an nichts Anderes mehr denken. Sofort hatte sie damals ihrem Vater den kleinen weißen Hasen gezeigt. Plötzlich hört sie seine Stimme.
„Nele!" Er steht weiter vorne am Christbaumstand. „Nele, huhu, komm`rüber", ruft er. Sie dreht sich zu ihm und winkt.
„Ich muss jetzt gehen, kleiner Hase", flüstert sie und legt ihre Hand an das Schaufenster. In diesem Moment reckt sich der kleine weiße Hase nach oben und es kommt ihr vor als hätte er ihr zugezwinkert.
„Das kann nicht sein. Da schon wieder! Du bist was ganz Besonderes, kleiner Hase", sagt sie. Nele geht zu ihrem Vater, der mit dem Christbaumverkäufer um

den Preis feilscht. „Also gut, es ist Weihnachten", sagt der Verkäufer und sie schütteln sich die Hände.
„Da bist du ja. Schau mal ist das nicht ein Prachtstück?" fragt er Nele und wirbelt den Baum einmal herum.
„Hmm", murmelt sie.
„Ein bisschen mehr Begeisterung, junge Dame." Er schaut sie an und zieht seine Augenbrauen nach oben. Neles Wangen sind gerötet, Schweißperlen glänzen auf ihrem Gesicht. Er fasst an ihre Stirn.
„Mein Gott, du glühst, komm`wir gehen schnell nach Hause." Er nimmt ihre Hand und zieht sie zusammen mit dem Weihnachtsbaum fort.
„Aber, ich…"
Eigentlich wollte sie ihm noch einmal den kleinen weißen Hasen zeigen. Damit er ihn nicht vergisst.
Der kleine weiße Hase mit den feuerroten Augen zwinkert Nele zu. Da reißt Nele ihre Augen auf. Ihr Plüschhase ist aus dem Bett gefallen und liegt rücklings auf dem Boden. Der Blick aus ihrem Fenster führt in den schneebedeckten Garten. Als sie ihre Augen sich an die Dämmerung gewöhnt haben, sieht sie plötzlich sich zwei überkreuzende Ohrenspitzen, die mal hier und mal dort auftauchen. Nele setzt sich auf, sie fühlt sich schon viel besser. Als sie ihre Bettdecke zurückschlägt, steht schon ihre Mutter in der Tür.
„Wirst du wohl im Bett bleiben", mahnt sie. Sanft drückt

sie Nele in die Kissen zurück und setzt sich auf die Bettkante.

„Mama, kannst du mal im Garten nachsehen, dort sitzt ein kleiner weißer Hase", bittet sie. Die Mutter steht kurz auf und späht aus dem Fenster.

„Da ist nichts, nur Schnee."

„Du hast gar nicht richtig geguckt, Mama."

„Doch, habe ich, aber da ist nichts."

„Ich habe seine langen Ohrenspitzen gesehen, die überkreuzen sich nämlich so." Sie schiebt einen Mittelfinger über den Zeigefinger. Die gekreuzten Finger hält sie ihrer Mutter vor das Gesicht.

„Ach Nele, du träumst mal wieder, das kommt vom Fieber. Glaube mir, da ist nichts. Du immer mit deinem Hasen. „Nimm`, den hier wieder in dein Bett." Sie reicht ihr den ausgefransten Plüschhasen.

„Nein, der ist kaputt. Ich will einen echten Hasen, einen der hoppeln kann."

„Jetzt ruh 'dich aus, ich bringe dir gleich noch was gegen das Fieber. Bald ist Weihnachten und da willst du doch nicht mehr krank sein." Sie küsst Nele auf die Stirn und verlässt das Zimmer. Nele stiert aus dem Fenster, den Plüschhasen lässt sie wieder auf den Boden fallen.

„Ich habe dich wirklich gesehen kleiner Hase", murmelt sie.

Endlich ist Heiligabend. Die Fenster in den umliegenden Häusern sind hell erleuchtet,

Weihnachtsschmuck glitzert überall. Der Duft von Zimt, Vanille und Nelken strömt durch die Gassen und Straßen. Nele sitzt mit ihren Eltern beim Abendessen, im Kamin knistert das Brennholz. Der Weihnachtsbaum strahlt mit seinen weinroten und goldenen Kugeln. Seine Lichterkette, ein Netz aus hundert kleinen Sternen, funkelt durch den Raum. Darunter türmen sich viele bunt verpackte Schachteln und Pakete, eines aber sticht besonders hervor. Nele betrachtet es ganz genau. Es ist rechteckig und sehr groß. „So groß wie ein Hasenkäfig aus der Zoohandlung Schmid", denkt Nele. Plötzlich bricht der Geschenketurm zusammen.

„Ach, herrje", ruft Neles Mutter.

„Egal, es wird doch sowieso gleich alles ausgepackt", meint Neles Vater und hebt sein Weinglas um mit seiner Frau anzustoßen.

„Frohe Weihnachten", ruft er.

„Frohe Weihnachten", erwidert sie und berührt seine Hand.

Nele starrt auf das große Paket. Da! Hat es sich nicht eben bewegt?

„Nele, Frohe Weihnachten", rufen beide gleichzeitig und prosten sich zu. Sie lachen und unterhalten sich. Nele wippt mit ihren Füßen. In ihrem Kopf dröhnt es. Ihre Handinnenflächen werden feucht. Das Essbesteck rutscht in ihren Händen.

„… nicht wahr, Nele", hört sie ihren Vater sagen.

„Hmm", grunzt sie. Die Eltern lachen wieder.

„Du hast uns gar nicht zugehört", sagt die Mutter.

Im Paket beginnt es zu zappeln. Nele springt auf, ihr Stuhl fällt um.

„Ich komme, kleiner Hase, ich komme", schreit sie und stürzt sich auf das Paket.

„Nele", ruft der Vater. „Nele, wirst du wohl warten! Komm` sofort her, erst wird noch gesungen."

„Kleiner Hase, kleiner Hase, warte ich befreie dich", kreischt Nele. Sie reißt am Geschenkpapier.

„Nele", ermahnt der Vater.

Ihre Mutter rollt mit den Augen. Nele hört erst auf, bis sie eine durchsichtige Plastikschachtel aus dem großen Paket gezogen hat. Sie schluckt. Ein zappelnder weißer Spielzeughase!

„Playtastic Plüschfunktionshase" steht auf der Verpackung.

„Du bist aber ganz schön stürmisch", sagt der Vater, der nun neben ihr niederkniet. „Ist er nicht toll? Der kann es kaum erwarten zu dir zukommen. Lass´ mich mal sehen, der muss sich irgendwie von selbst eingeschaltet haben." Er nimmt ihr die Schachtel aus den Händen.

„Du hättest nicht gleich die Batterien einlegen sollen", sagt Neles Mutter, die sich zu den beiden gesellt hat.

„Er wirkt so echt, wie ein richtiger Hase. Aber das Beste ist, er macht keinen Dreck."

„Jetzt hast du einen fast echten weißen Hasen", sagt

der Vater und klatscht sich freudig in die Hände. Er löst die Halterungen an dem Plüschhasen und setzt ihn auf den Boden.

Der „Playtastic Plüschfunktionshase" springt durch das Wohnzimmer in Richtung Terrassenfenster. Dort stoppt er. Nur Nele, die ihm mit hängenden Schultern gefolgt ist, sieht im Lichterschein des Gartens zwei sich überkreuzende lange Ohrenspitzen. Nele reißt die Terrassentür auf und stapft in ihren Hüttenschuhen durch den schneebedeckten Garten.

„Nele, was tust du da?", ruft ihre Mutter. „Komm`sofort wieder rein!"

Nele beobachtet die langen Ohrenspitzen, die mal hier und mal dort auftauchen. Da entdeckt sie unter einem Nadelbaum ein zusammengekauertes Tier. Es trägt einen weißen Pelz. Sie kniet sich nieder und streckt ihre Hand in seine Richtung.

„Du bist zu mir gekommen", flüstert sie in die Finsternis.

„Nele, verdammt noch mal", zischt ihre Mutter. Sie rennt mit einer Decke unterm Arm auf sie zu. Da schreckt das kleine Tier auf und verschwindet in der Dunkelheit. Die Mutter hebt Nele hoch und legt eine wärmende Decke um ihren Körper.

„Nein, lass mich runter. Der kleine weiße Hase ist da", kreischt Nele.

„Schluss jetzt! Dein kleiner weißer Hase hoppelt gerade durchs Wohnzimmer, hast du das vergessen?"

„Willst du wieder krank werden? Was hast du hier draußen zu suchen?", tobt der Vater, der nun auch im Garten steht. Er hebt Nele aus den Armen ihrer Mutter. „Das ist genug Aufregung für heute." Der Vater blickt Nele wütend an. „Am besten gehst du jetzt ins Bett." Er trägt sie in ihr Zimmer. „Mama bringt dir gleich noch eine Wärmflasche. Gute Nacht, Nele." Dann stoppt er und bleibt im Türrahmen stehen und fragt: „Was war da eigentlich im Garten?"

„Der kleine weiße Hase aus der Zoohandlung Schmid, den du vergessen hast", schreit Nele und wischt sich die Tränen von den Wangen.

Der rote Lippenstift

2010

Mia will nur schnell ein paar Sachen in die alte braune Ledertasche für ihren Opa packen, als sie unter dem Stapel Pullover eine kleine mit Blumen bemalte Schatulle findet. Neugierig nimmt sie das Kästchen aus dem Schrank und stellt es auf den Nachttisch.

> Ob ich wirklich hinein schauen soll? Die habe ich vorher noch nie gesehen.<

Vorsichtig streicht sie mit dem Zeigefinger über die Bemalung. Die Neugier siegt und Mia versucht den Deckel anzuheben. Es rührt sich nichts. Sie nimmt das Kästchen auf den Schoß, greift mit den Fingerkuppen unter den Rand des Deckels und zieht kräftig. Nichts passiert.

>Was da wohl drin ist und warum hat er sie im Kleiderschrank versteckt?<

Sie untersucht das Kästchen genauer. Hinten am Deckel sind Scharniere angebracht, so dass man ihn öffnen kann, vielleicht sind sie aber auch nur eine Attrappe. Sie dreht das Kästchen auf den Kopf. Mit einem Klong fällt etwas von innen auf den Deckel.

>Oje hoffentlich habe ich jetzt nichts kaputt gemacht.<

Mias innere Anspannung wächst. Am Boden kann sie in der rechten oberen Ecke eine kleine Vertiefung erkennen, kaum größer als ein Stecknadelkopf. Sie schaut sich im Schlafzimmer ihres Opas um. Neben dem Kreuzworträtsel auf dem Nachttisch liegt ein Kugelschreiber. Sie drückt vorsichtig mit der Spitze der Miene in die Vertiefung. Ein leises Klicken verrät, dass der Deckel aufgesprungen ist. Langsam dreht sie das Kästchen wieder um. Mit pochendem Herzen öffnet Mia den Deckel. Zum Vorschein kommt ein Lippenstift und ein dicker grauer Umschlag. Die Hülle des Lippenstifts sieht sehr alt aus. Seine Farbe ist tiefrot.

Mia stellt ihn auf den Nachttisch und nimmt den Briefumschlag in beide Hände. Er ist nicht zugeklebt. Sie zieht den Inhalt heraus. Ein Foto und einige handbeschriebene Blätter kommen zum Vorschein. Mia zieht scharf die Luft ein. Auf dem Bild ist ihr Opa in jungen Jahren zu sehen mit Zwillingsbruder. Die Frau, die zwischen den beiden Männern steht, sieht Mia verblüffend ähnlich. Im Hintergrund ist die Theke einer Bar zu erkennen. Sie dreht das Bild um. „Für immer dein" , steht dort und die Jahreszahl 1950. Jetzt ist sie vollends verwirrt.

>Wer ist diese Frau in der Mitte? Ihre Oma, dass weiß sie ganz genau, sah in jungen Jahren komplett anders aus. Ihr Hauttyp war viel dunkler und auch wenn es ein schwarz weiß Bild ist, kann man genau erkennen, dass die Frau auf dem Bild blonde Haare hat .Ihre Oma hatte rabenschwarzes Haar. Was hat das Ganze zu bedeuten?<

1939

Catherine steht am Bahnsteig und zieht sich die Lippen tiefrot nach. Der Zug fährt ein und kommt mit einem langgezogenen Quietschen zum Stehen. Während sie ihren Lippenstift in der kleinen schwarzen Tasche verstaut, öffnen sich die Zugtüren und die ersten Fahrgäste steigen aus. Ein kurzer Blick in ein Zugfenster, ob ihre Haare noch sitzen, denn es geht ein kalter Wind. Der Bahnsteig füllt sich schnell. Sie sucht die Menge nach ihm ab. Ihr Herz klopft immer heftiger, in der Erwartung ihn jeden Moment zu sehen. Die Menschen um sie herum begrüßen sich mit Küsschen und verlassen zügig den Bahnsteig. Die Luft ist kalt und der Wind nimmt an Stärke zu.

Der Bahnsteig leert sich. Es kommen nur noch vereinzelt Fahrgäste an ihr vorbei. Ihr Herzklopfen hat sich in ein flaues Gefühl in der Magengegend verwandelt. Ihre Knie werden weich, so dass es ihr schwer fällt auf den hohen Absätzen zu stehen. Der letzte Reisende geht an ihr vorüber. Catherine, kaum noch in der Lage zu stehen, sucht sich eine Bank und lässt sich darauf nieder. Ihre Waden zittern, sie umklammert das kleine Täschchen.

>Warum ist er nicht gekommen?<

Schnelle Schritte nähern sich ihr, sie blickt auf und sieht einen Soldaten auf sich zukommen. „ Sind Sie Mademoiselle Malraux?", Catherine kann nur nicken. „ Ich habe einen Brief für Sie, er hat gesagt, sie wüssten von wem". Sie blickt auf den grauen Umschlag den er ihr entgegen hält, nimmt ihn und legt ihn auf ihren Schoß. Der Soldat ist im Begriff zu gehen. „Hat er noch etwas zu ihnen gesagt?" ‚fragt sie ihn hoffnungsvoll. Er schüttelt den Kopf ‚dreht sich um und entfernt sich zügig.

Jetzt ist sie allein auf dem Bahnsteig. Der kalte Wind fegt durch ihren zu leichten Mantel, sie spürt die Kälte nicht. Sie schließt die Augen und versucht sich zu sammeln.

Die Sonne kommt ihr in den Sinn. Bei ihrem letzten Ausritt mit Karl. Er hatte das Pferd so angetrieben, dass er es zum ersten Mal geschafft hatte, sie zu überholen. Eigentlich war sie die bessere Reiterin. Mit einem Lachen auf den Lippen war er neben sie geritten hatte sie zu sich herrüber gezogen und zum ersten Mal geküsst.

Catherine beginnt zu frösteln und wird so aus ihrer Erinnerung gerissen. Seit diesem Tag sind viele Wochen vergangen. Frankreich hatte Deutschland den Krieg erklärt. Ihr wird klar, wie leichtsinnig sie gewesen war, zu glauben er könnte einfach nach Frankreich reisen. Sie steckt den Umschlag in ihren Mantel und zieht ihn so eng um sich wie sie kann. Es beginnt zu dämmern und sie weiß, dass sie so schnell wie möglich nach Hause muss. Die Ausgangssperre beginnt bald. Außerdem will sie den Brief so schnell wie möglich lesen. Zügig verlässt sie den Bahnsteig und den Bahnhof um auf dem kürzesten Weg durch die Pariser Innenstadt nach Hause zu gehen.

...Fortsetzung folgt

Bienenkotze

„Marie, was ist mit deinem Brötchen?"
Marie starrt auf das Brötchen, welches vor ihr auf dem Frühstücksteller liegt.
„Ich mag das nicht."
Erstaunt schaue ich sie an.
„Wieso magst du das nicht? Ich habe das doch liebevoll für dich gestrichen. Dick Butter und oben drauf den Honig so verschmiert, dass er sich mit der Butter vermischt. Das hast du immer so gemocht."
Marie schaut mich an, holt tief Luft und sagt:
„Das mag ich aber nicht mehr, Honig ist ekelig!"
Das verblüfft mich, Honig war doch immer ihr Lieblingsaufstrich und jetzt auf einmal soll das ekelig sein? Als guter Vater versuche ich der Sache auf den Grund zu gehen.
„Wieso findest du Honig plötzlich ekelig?"
„Weil das Bienenkotze ist!"
Mir fällt vor Schreck mein eigenes Brötchen aus der Hand. Habe ich gerade richtig gehört?
„Was ist das?"
„Bienenkotze", sagt sie ernsthaft und bestimmt.
„Wer sagt denn so etwas?"
Sie erzählt, dass sie mit ihrer Kindergartengruppe bei einem Imker waren und der ihnen die Bienenstöcke gezeigt hat. Außerdem hat er vorgeführt, wie der Honig aus den Waben geschleudert wird und erklärt, wie die

Bienen den Honig machen.

„Aber der Imker hat doch sicherlich nicht gesagt, dass die Bienen Honig kotzen?"

„Der hat nicht kotzen gesagt, Papa!"

Aha, ich frage also nochmal nach:

„Sondern, er hat was gesagt?"

Ihr Blick hat jetzt etwas Abfälliges und zeigt mir, dass sie mich jetzt gerade nicht für den hellsten Vater hält. Sie setzt sich aufrecht hin und beginnt, mich mit einem belehrenden Tonfall aufzuklären.

„Also Papa, die Biene fliegt so von Blüte zu Blüte und saugt dabei den Saft von den Blüten in ihren Magen. Und dann, wenn sie ganz voll ist, fliegt sie nach Hause. Und da würgt sie...", Marie macht jetzt Würgegeäusche und verdreht dabei die Augen, „... alles wieder hoch und dann ist das Honig. Also Bienenkotze, weil die das ja auskotzt."

Sprachlos starre ich sie an. Es ist wohl an der Zeit, sich dem Thema der Honigproduktion anzunehmen und einige Sachen wieder ins rechte Licht zu rücken.

„Also, bei der Biene Maja hat niemand Honig gekotzt", beginne ich. „Die ist mit einem Eimer losgeflogen und hat die Pollen da rein getan und der dicke Willi hat die Pollen immer sofort gegessen bis ihm schlecht war. Gesammelt hat er fast nichts. Wenn der Eimer voll war, sind die zurück in ihren Bienenstock geflogen und haben den Eimer dort in eine Kammer zu den anderen Pollen geschüttet, fertig. Da hat niemand gekotzt, auch der dicke Willi nicht. Obwohl ihm von dem vielen Pollennaschen übel war."

Regungslos schaut mich Marie sekundenlang an. Langsam tippt mit dem Zeigefinger an ihre Stirn.

„Papa, hast du schon mal eine Biene mit einem Eimer fliegen gesehen?"

Diese Frage lässt mein gesamtes, zugegebenermaßen sehr schlicht kindliches, Erklärungsmodell wie ein Kartenhaus in sich zusammen stürzen. Mein Einwand, dass die Eimer ganz klein sind und von Menschen nicht sofort erkannt werden, überzeugt sie nicht. Wortlos schüttelt sie den Kopf. Spätestens jetzt sollte ich mich wohl im Internet richtig schlaumachen. Die nächste Erklärung muss sitzen. Notebook geholt und Google gefragt: „Wie machen Bienen Honig?" Das allwissende Google liefert mir auch prompt eine Antwort. Schnell gelesen und schon startet mein Vortrag:

„Also, die Bienen saugen mit ihrem Rüssel den süßen Saft aus den Blüten, den nennt man Nektar."

Statt mir ehrfurchtsvoll zuzuhören, kommt von Marie der gelangweilte Einwand:

„Hab ich doch gesagt."

„Ja, ja. Pass auf, jetzt kommt es. Der Saft landet im Bienenmagen...."

Marie rollt mit den Augen und verzieht die Mundwinkel.

„.... den Magen nennt man Honigblase und dort vermischt sich der Saft mit körpereigenen Stoffen der

Biene. Soweit verstanden?"

„Blase?", erstaunt schaut Marie mich an und stellt fest: „In der Blase ist doch das Pipi."

„Ähm, ja, ähm, nein, beim Menschen schon, aber ähm…"

Dieser unerwartete Einwand bringt mich aus dem Konzept. Mit großen Augen sagt Marie:

„Dann ist der Honig ja Bienenpipi!"

Angewidert verzieht sie ihr Gesicht.

„Nein!", sage ich, „sie würgt das doch dann hoch!"

„Also doch Bienenkotze?", fragt sie.

„Nein!"

„Also doch Pipi? Papa, du musst dich mal entscheiden, kotzt die Biene den Honig oder pinkelt sie den Honig?"

„Nix von beiden!"

Meine Stimme wird unweigerlich lauter.

„Must mich gar nicht anschreien", sagt Marie. Sie steht auf und geht.

„Ich kann nichts dafür, dass die Biene so ekelige Sachen macht", ruft sie, noch bevor sie ihre Zimmertüre zuwirft. Wie ein bepisster Pudel sitze ich jetzt allein in der Küche. Allein mit meinem Honigbrötchen. Ich will gerade reinbeißen, da formt sich in meinem Kopf das Bild vom dicken Willi, welcher mir auf mein Brötchen kotzt. Biene Maja erscheint auch noch und pinkelt oben drauf. Lachend fliegen die beiden davon. Jetzt mag ich mein Brötchen auch nicht mehr essen und werfe es zusammen mit dem von Marie in den Müll. Was waren das noch für Zeiten in der Biene Maja den Honig einfach im Eimer gesammelt hat?

Pink Berry

Pink Berry, sagt Larry.
Oh Larry, spricht Mary.
It´s so crazy.
You´re not lazy.
Oh, Larry!
Oh, my dear Mary!
You´re my bunny.
and you´re my honey.
It´s so funny.
Here´s your Pink Berry, my dear Mary.
Cheers

Royal Romance

Bischof Dexter ließ seinen Blick über die leeren Sitzreihen schweifen. Von seiner Kanzel aus hatte er den perfekten Überblick über all seine Schäfchen, selbst und gerade über die, die sich in der letzten Reihe versteckten. Er sah auch genau, dass Mrs. Moneypenny jeden Sonntag ihren Kaugummi unter die Bank klebte, den er mühsam am Montagmorgen abkratzen musste.

Bischof Dexter nahm einen herzhaften Bissen seines Chicken Wings und breitete die Arme zum Segen aus. Die Ärmel seines Gewandes flogen im Luftzug, der durch das Kirchenschiff wogte, als die große Eingangstür geöffnet wurde. Dexter blinzelte im Gegenlicht und versuchte zu erkennen, wer ihn in seiner Predigtprobe störte. Schnell ließ er seinen Chicken Wing auf dem Boden verschwinden und stieg mit schwungvollen Schritten die Kanzeltreppe hinab.

„Eure Hoheit!", krächzte er, als er den unerwarteten Gast erkannte und verschluckte sich beinahe an einem Rest Huhn.

Der Prinz streckte Bischof Dexter die Hand entgegen, um ihm aus seiner Verbeugung aufzuhelfen.

„Was kann ich für Euch tun, Hoheit? Es gibt doch hoffentlich keine Schwierigkeit vor Eurem großen Tag, oder? Der royalsten aller royalen Romanzen?"

Der Prinz errötete.

„Was habt ihr nun wieder angestellt?" Bischof Dexter schob den Prinzen in Richtung des Beichtstuhls. „Ihr wart doch erst gestern bei mir, um die Beichte abzulegen." Er war versucht ein „Herrgott nochmal" anzuhängen, konnte sich aber gerade noch zurückhalten. Schnell bekreuzigte er sich.

Sie waren am Beichtstuhl angekommen und jeder setzte sich in seine Hälfte.

Seine Haushälterin, die bezaubernde Marla, hatte Bischof Dexter auch hier einen Teller Chicken Wings hingestellt. Seine Hoheit fand in seiner Hälfte des Beichtstuhls seine Lieblingssünde, Gummibärchen, vor.

„Nun denn", sagte Dexter und lehnte sich zurück. „Fangt an."

„Wie Ihr wisst, Bischof, muss ein Junggesellenabschied ordentlich gefeiert werden …" Der Prinz nahm eine Handvoll Gummibärchen und stopfte sie sich in den Mund.

„Ja", erwiderte der Bischof und kaute seinen Chicken Wing.

„Wir feierten im Yacht Club", fuhr der Prinz fort.

„Das ist keine Sünde", befand der Bischof und tauchte seinen Chicken Wing in Soße.

„Es wurden Fotos gemacht."

„Natürlich. Warum denn nicht?"

„Von mir!"

„Von wem denn sonst?"

„In einem roten Bikini!"
Bischof Dexter schwieg.
„Dreizehn Vaterunser, wie immer?", fragte der Prinz und nahm sich noch ein paar Gummibärchen.

Muscheln

Fred war schon neun Jahre alt, und eigentlich war er ein lieber Bruder. Aber, dass er der Ältere war, das ließ er seine kleine Schwester durchaus ab und zu spüren. Er wusste, wie er sie dazu bringen konnte, alles für ihn zu tun.

Lisa himmelte ihren Bruder an, weil er schon so viele Dinge wusste. Zum Beispiel, warum Wolken regnen, oder wo man am besten einen Talisman trägt, damit er seine ganze Kraft entfalten konnte. Er sagte, das wäre direkt am Körper.
Und deshalb band sie sich die schönste Muschel vom letzten Urlaub um ihren Bauch. So konnte sie zum einen niemand sehen, und Lisa hatte immer das Gefühl, beschützt zu sein. Fred hatte ihr extra ein kleines Loch durch die Muschel gebohrt, und sie hatte eine blaue Kordel durchgezogen.

Lisa selbst war letzte Woche erst sechs Jahre alt geworden.
Von ihrer Geburtstagsfeier waren noch viele Gummibärchen und saure Apfelringe übrig, die sie beide sehr gerne aßen.
Dieses Mal wollte Lisa sie aber nicht teilen. Auch von Freds Betteln ließ sich Lisa nicht erweichen, denn sie war jetzt schon groß und wollte ihm entgegentreten.

Fred meinte: „Lisa, wenn man einem lieben Menschen einen Wunsch abschlägt, verkehrt sich die Wirkung eines Talismans ins Gegenteil."

Das verstand Lisa nicht. Sie war neugierig, was es damit auf sich hätte. Fred zögerte, denn er wollte sie noch ein bisschen auf die Folter spannen.

„Fred, was meinst du mit Gegenteil, Gegenteil von was?" „Also, wenn du mir einen Wunsch, in dem Fall die Gummibärchen, abschlägst, dann kann es zum Beispiel bedeuten, dass dein Talisman dir kein Glück mehr bringt."

„Und dann?" Lisa war ganz aufgeregt.

„Die Muschel kann dann, ich weiß nicht was, mit der Haut verwachsen oder so."

„Was oder so?"

Fred war jetzt richtig in Fahrt.

„Es könnte dann sein, dass dir aus dem Körper ….Muscheln wachsen, die man dann rausoperieren muss.

Lisa dachte, vielleicht hat er ja recht, und gab ihm die Gummibärchen und auch die Apfelringe.

Am Donnerstag hatten sie einen Termin beim Kinderarzt. Der schaute ihr in den Hals, und tastete die Lymphknoten ab.

„Hm", sagte Dr. Feller, „ein bisschen geschwollen. Aber ich glaube, es ist nichts Ernstes."

Dann bemerkte er, dass ihre Ohrmuscheln ein wenig abstünden. Das könnte man, wenn es sich nicht mit der Zeit von selbst verwachsen würde, in ein paar Jahren korrigieren.

Lisa war ganz still. Ohrmuscheln, sie hatte Ohrmuscheln. Also doch, dabei hatte sie ihrem Bruder doch die Gummibärchen gegeben.

Auf dem Nachhauseweg fragte Lisa ihre Mutter, was das Wort
„k o r r i g i e r e n" bedeutete.
„Das heisst in diesem Fall, dass man mit einer kleinen Operation die Ohren näher an den Kopf bringt."

Zu Hause betrachtete Lisa ihre Ohren im Spiegel, und sie nahm auch den kleinen Handspiegel ihrer Mutter, um die Ohren von der Seite besser sehen zu können. Trotzdem verstand sie nicht, was da los war. Sie schaute beim Abendessen die Ohren von Papa, Mama und ihrem Bruder ganz genau an.

Als Mama und Fred vom Tisch aufgestanden waren, und sie allein mit ihrem Papa war, konnte sie ihn endlich fragen:
„Papa, wachsen allen Kindern Ohrmuscheln, wenn sie nicht brav sind? Hattest du auch mal verwachsene Ohren?"

„Was redest du da, Lisa?"

„Ich meine, musste man sie früher auch mal k o r r i g i e r e n ?"
„Lisa, erstens hat jeder Mensch Ohrmuscheln, die sind ein Teil vom Ohr, das Äußere, das nennt man so."
Er zeigte es ihr an seinem Ohr.
„Und das hier ist das Ohrläppchen, bei manchen Menschen ist es angewachsen, bei anderen hängt es frei herunter und ist länger, so wie bei mir und bei dir. Das ist aber alles völlig normal. Und dann gibt es manchmal sogenannte abstehende Ohren."

Dann legte er die Handflächen hinter seine Ohren, so dass diese total abstanden und dabei grinste er.
Lisa musste lachen.
„ Ja, so wie bei Felix. Der hat so lustige Ohren."

Und dann wollte Lisa noch wissen, ob Muscheln mit dem Bauch verwachsen könnten. Oder ob vielleicht sogar aus ihrem Körper Muscheln wachsen könnten.
Als ihr Vater sie auch darüber aufgeklärt hatte, und Lisa sich wieder beruhigt hatte, beschloss sie, ihrem Bruder zur Strafe etwas wegzunehmen. Es sollte etwas sein, an dem er sehr hinge. Nur für kurze Zeit würde sie es behalten, und dann ganz unauffällig wieder zurückgeben.

Nein Danke!

Ich öffnete die Schachtel und unternahm den kläglichen Versuch mein Gesicht nicht entgleisen zu lassen. Das Ding war abartig hässlich. Mich innerlich sammelnd versuche ich zu lächeln und blicke auf: „ Vielen Dank, wie nett von ihnen. Das wäre doch wirklich nicht nötig gewesen."
Die Patientin schaut mich strahlend an:„ Doch, doch für ihre schnelle Hilfe letzte Woche bin ich so dankbar."
Ich nicke ihr lächelnd zu und verlasse rückwärts, immer noch nickend das Behandlungszimmer.
Was mache ich nur mit diesem scheußlichen Schlüsselanhänger. Wenn ich das an meinen Schlüssel hänge, finde ich ihn bestimmt in jeder Handtasche, aber bis ich dann den Richtigen in der Hand habe dauert es einige Minuten. An sonnigen Tagen muss ich mich sogar vor einem epileptischen Anfall hüten. Von diesem ganzen Geglitzer wird mir jetzt schon schwummrig. Dann würde ich zuckend vor meiner Haustür liegen, in mitten der Fußgängerzone und die Menschen, die an mir vorbei gehen können mir nicht helfen, weil dieses Scheißding all ihre Aufmerksamkeit frisst.
Die Tür zum Behandlungsraum öffnet sich und ich werde aus meinem Gedankengang gerissen.
„Ich hoffe er gefällt ihnen wirklich. Ich habe lange überlegt ob Grün oder Gold, aber dann dachte ich, sie

sind eine Frau mit Geschmack und habe mich für Grün entschieden." Die Patientin strahlt mich über beide Ohren an.

Verdammt, jetzt sitze ich in der Scheiße. Bei so einem Kompliment muss ich das Scheißding vor ihr zum Einsatz bringen.

Ich greife zu meinem altbewährten Mittel zurück und lächle und nicke, bis die Patientin ihr Rezept unterschrieben hat und die Praxis verlässt. Ich nehme den überdimensional großen Schlüsselanhänger aus seiner Schachtel, drehe ihn hin und her und kann einfach nichts Gutes daran finden. Bestimmt 20 cm lang mit grünen und silbernen Steinchen, alle unterschiedlich groß – Klimmbimm halt.

Ob ich ihn beim nächsten Stehrumselwichteln an Weihnachten los werde?

Mein Neffe war letztes Mal total scharf auf die altbackene Kätzchentasche, die mir ein Patient mitgebracht hat.

Ich packe den Schlüsselanhänger wieder zurück in seine Schachtel. So schnell bekommt von mir keiner mehr eine Soforthilfe. Die Schachtel verschwindet in meinem Fach. Ich hatte die Schachtel total vergessen bis die Patientin zum nächsten Termin kommt. Da geht die Miesere weiter ...

Der vermutlich kürzeste Krimi der Welt

Die Chinesin mit dem Nudelholz,
Brachte um des nachts Herrn Stolz.

Dann kam die Polizei,
Und vorbei wars mit der Morderei.

Die Chinesin mochte das Gefängnis nicht,
Doch zum Glück war sie ein kleiner Wicht.

Sie schlüpfte durch die Gitterstäbe,
Und ging seitdem unbehelligt ihrer Wege.

Jahresimpressionen

Frühling

Morgensonne scheint
Vögelchen wird gefressen
Katze schleicht davon

Ertappt kleiner Kater
Wisch` dir´s Maul
Ich scheuche dich fort

Sommer

von der Rückkehr einer Reise

Urlaubsflair
Du schwindest
Stück für Stück
Verlässt mich
Ich möchte dich festhalten
Nur in meinen Träumen bist du bei mir
Ich schließe die Augen bis du wiederkommst

Herbst

Ein Baum mit Blättern
Erst grün dann im bunten Kleid
Im Herbst verloren

Grau
Der Himmel
Schleier ziehen auf
Blind stehe ich da
Nebel

Winter

Abschied

Mach´s gut mein Junge, sagt sie
Ich kann nicht mehr
Mein Körper ist alt und schwach
Ich werde jetzt schlafen
Schlafen bis in alle Ewigkeit
Mach´s gut mein Junge

Alter Mensch

Einsam
Der Greis
Seine Hand zittert
Ich sitze an seinem Bett
Nehme seine Hand
Wärme durchströmt unsere Hände
Geborgenheit

Frau Enderlein

Da ist sie wieder, die kleine alte Frau mit der grasgrünen Kindermütze und den rosa Handschuhen. Eben war sie noch im Servicecenter Neue Mitte, und hatte atemlos nach einem Stadtplan gefragt. Sie müsse zum Grünen Hof und finde ihn nicht. Ich hatte ihr kurzerhand den Weg erklärt.

Jetzt, circa 150 Meter von mir entfernt, beim Rathaus, schreit sie im Vorbeigehen mehrere Leute an, die ihr verständnislos hinterherschauen. Sie läuft erst nach links, dann nach rechts. Als ich bemerke, wie sie nach einem Brillenträger schlägt, und ihn anbrüllt, beschleunige ich meinen Schritt. Sie rennt jetzt weiter zum Brunnen, und fast gegen ein Pärchen, das kopfschüttelnd seinen Weg fortsetzt.

Ich erreiche sie und spreche sie an.
„Erkennen Sie mich, sie waren eben im Servicecenter. Ich habe mich dort mit Ihnen unterhalten."
„Waren sie schon im Grünen Hof?"
Ihre Augen weiten sich. Sie scheint sich zu erinnern.
„Da wollt i geschtern scho na, habs aber net g'funda."
„Ich bringe Sie hin, wenn sie wollen", antworte ich.

Wir gehen nebeneinander durch die Herdbruckerstraße. Unvermittelt haut sie einem jungen

Mann die Zigarette aus der Hand und beschimpft ihn.
„Du Dreckskerl, dreckiger."
Ich bin sofort in Alarmbereitschaft. Mehrere seiner Freunde bewegen sich auf uns zu. Sie sehen nicht sehr vertrauenerweckend aus.
Beruhigend wirke ich auf die Frau ein.
„Das dürfen Sie nicht machen."
Die Jugendlichen schauen mich an und tippen sich an den Kopf. Sie deuten die Situation Gott-sei-Dank nicht als ernste Provokation.
Die Frau rechtfertigt sich:
„So a Dreck, des kann i gar net haba, den Gschtank, da krieg i koi Luft."
Ich sage nochmals, dass sie so etwas nicht machen dürfe, Leute angreifen und anschreien.
Darauf erhellt sich ihr Gesicht und sie beginnt zu erzählen:
„Heut vor genau 71 Jahr isch Pforzheim in Schutt und Asche g`legt worda."
„Können Sie sich noch daran erinnern, wie alt waren sie denn damals?", frage ich.
„Ja, 71 Jahr."
„In Pforzheim hat mei Bruder a Goldschmiede g`habt. Ulm isch nemmer schön, i geh gar nemmer gern da na."

Nach dieser Bemerkung interessiert es mich, wo sie eigentlich wohnt.

„I wohn en meim Eldernhaus in Nellinga."
Ich wiederhole erstaunt, „immer noch in Ihrem Elternhaus, so lange wohnen sie da schon?". Worauf sie erwidert, dass sie früher in der Stadt gewohnt hat. Außerdem erfahre ich, dass sie nachher auf keinen Fall den Bus nach Nellingen verpassen darf.

„Des da hanna isch die Donau." Sie zeigt nach rechts. „Ja, ond da drüba, des isch des neue Brückahaus. Älles so neumodisches Zeugs. Ulm g`fällt mir net. Tübinga isch viel schöner. Da hab i mei Lehr g`macht."

Ich will wissen, was sie gelernt hat.
„I war Krankascheschter."
„Ah, schön!", versuche ich das Gespräch in Fluß zu halten.

Plötzlich bleibt sie stehen und stellt ihre Tasche auf den Boden.
„I muss jetz a Bombo essa. Weil i sonscht an Underzucker krieg."
In ihrer bunt geblümten Stofftasche hat sie verschiedene Wäschestücke und ein rotes Wollknäuel, in dem Stricknadeln stecken. Beim Durchwühlen kommen einzelne Bonbons, ein Teebeutel und ein offenes Brillenetui zum Vorschein.
„Da isch ja dr Stadtplan, den hab i ganz vergessa. Sehat Se, so was vergess i, älles wegs em

Underzucker."

Dann nimmt sie ein Karamellbonbon und versucht, das Papier zu entfernen. Was ihr nicht gelingt, denn sie hat ihre rosa Vlieshandschuhe anbehalten. Sie zieht einen Handschuh aus.
„I glaub, ohne Handschuh gehts besser. So, jetz gehts mr glei besser. Wissat Se, i hab heut no nix gessa."
Sie zieht den dicken rosa Fingerhandschuh wieder an und düst los.

Ich hinterher, sie ist ganz schön schnell.
„Wir müssen über die Ampel", versuche ich ihr klarzumachen, denn es ist die falsche Richtung, die sie einschlägt, sie will über die Brücke nach Neu-Ulm.
Endlich sind wir auf der anderen Straßenseite.
„So, jetzt gehen wir erst mal die Treppe hoch."

„Da muss i mi feschthalta, dann gehts scho", meint sie und nimmt die paar Stufen im Eiltempo, ohne sich am Geländer festzuhalten.
„Wo müssen sie denn genau hin, haben sie eine Adresse?"
„Zom Grüna Hof muss i, dr Doktor hat g`sagt, i brauch jetz Hilfe, s geht nemmer älloi."

Wir steuern direkt auf ein Gebäude zu, auf dem ein Schild angebracht ist. „Diakonische Beratungsstelle" lese ich laut vor.

Ich öffne die äußere Glastür, die innere ist geschlossen. Ein Schild besagt, dass das Sekretariat nicht besetzt sei, und man direkt bei den Therapeuten klingeln solle.
„Wissen Sie, zu wem sie müssen?", versuche ich rauszufinden.
„I heiß Enderlein."
„Ja, und sollen sie zu einem bestimmten Therapeuten?"
„Nein, Enderlein isch mei Name."
Ich läute einfach irgendwo, niemand meldet sich an der Sprechanlage, und die Tür geht auch nicht auf. Also klingle ich beim nächsten Namen. Wieder nichts.

„I muss a paar Schritt laufa", mit diesen Worten verschwindet Frau Enderlein um die Ecke. Ich mache mir Sorgen, ob sie wiederkommt. Als ich nachschauen will, erscheint sie wieder.
Und mit schelmischem Blick legt sie ihre rechte Hand auf vier Klingeln gleichzeitig und freut sich, weil es summt. Aber die Tür bleibt zu.

Wir geben noch nicht auf, nun sind die beiden letzten Klingelknöpfe dran. Ich drücke sie und lächle ihr zu.
„Die Öffnungszeiten sind bis 17.30 Uhr, das steht hier."
„Aber, s isch do no net 17.30 Uhr, odr?"

„Na, bestimmt nicht."

Da nähert sich endlich ein Mann der Glastür und macht sie auf.
Er erkundigt sich, ob wir einen Termin hätten.
Frau Enderlein schaut mich triumphierend an.
Ich erkläre dem Herrn, dass ich zufällig Frau Enderlein begegnet bin, die offensichtlich von ihrem Hausarzt zum Grünen Hof geschickt worden ist.
Der Mann schaut mich ungläubig an.
„Sie braucht wahrscheinlich Hilfe und hätte alleine nie hierher gefunden. Es war purer Zufall, dass sie mir über den Weg gelaufen ist. Aber wir kennen uns eigentlich nicht", wiederhole ich, um seine Bedenken zu zerstreuen. „Ihren Namen habe ich gerade erst erfahren."
Frau Enderlein stürmt los, der Mann schaut mich immer noch entgeistert an, bevor er sich umdreht und Frau Enderlein folgt.

Aufgewühlt trete ich den Heimweg an, die anderen Erledigungen verschiebe ich auf morgen.

Am Abend gebe ich bei Google die Stichwörter „Pforzheim Zerstörung" ein. Was ich da lese, haut mich fast vom Hocker:

Am 23. Februar 1945 wurde Pforzheim bombardiert

und in Schutt und Asche gelegt. Bei dem nur 22 Minuten dauernden Angriff verloren mehr als 18.000 Menschen ihr Leben, mehr als ein Fünftel der Bevölkerung .

Heute ist der 23. Februar 2016.

Meilensteine meiner Erziehung

Alle finden meine Mutter cool. Ich nicht.

Sie als links, liberal oder kosmopolitisch zu bezeichnen, wäre eine Untertreibung, zumal sie Schubladendenken ablehnt.

„Schubladen sind abgesteckte Komfortzonen für Menschen, die zu feige sind, um ihren Horizont zu öffnen."

Solche Sprüche pflastern die Meilensteine meiner Erziehung. Sie rufen in mir derartigen Brechreiz hervor, dass es an mentaler Bulimie grenzt. Für einen Siebzehnjährigen ist es vollkommen inakzeptabel, wenn die eigene Mutter mehr Follower hat, als man selbst. Praktisch 100 Prozent meines Freundeskreises verfolgen ihre Geistesergüsse im Internet und holen sich über ihre Instagramm-Selfies einen runter. Vermute ich zumindest. Ihr scheint das nichts auszumachen, mir schon. Sie fällt bei meinen Kumpels unter die Kategorie MILF – mother i'd like to fuck.

Keiner ahnt, wie anstrengend es ist, bei einer Mutter aufzuwachsen, die total open-minded ist und einem keinerlei Vorschriften macht. Leider besteht das gesellschaftliche Konstrukt nur aus Vorschriften. Dies hat in meiner Kindheit zu peinlichen Situationen geführt, wie meine erste Schulschwimmstunde. Da meine Mutter, wie all ihre verrückten Freunde, textilfreies Baden in der freien Natur bevorzugt, bin ich bis zum Alter von sechs Jahren davon ausgegangen, dass dies überall so praktiziert wird. Also ließ ich dieses merkwürdige Stoffteil namens Badehose achtlos in meinem Rucksack liegen und präsentierte mich meinen Mitschülern vollkommen nackt. Den Spitznamen „Kleinei-Cosmo" bin ich nie mehr richtig losgeworden. Als wäre mein Vorname Cosmo nicht schon schlimm genug.

Schulfeste und Sportveranstaltungen sind bis heute eine peinliche Angelegenheit geblieben. Meine hormondurchtränkten Kumpels gaffen meine Mutter an, hängen an ihren Lippen, nicken eifrig mit den Köpfen wie chinesische Glückskatzen, quetschen sich in unser Auto, wenn Fahrgemeinschaften gebildet werden, während sie die Aufmerksamkeit genießt und das Gefühl, von der nachfolgenden Generation – aus der sie nie entwachsen ist – angehimmelt zu werden. Dabei hören die ihr gar nicht richtig zu. Die wollen doch nur... da fällt mir ein Dialog mit meinem Nachbarskumpel Sajid ein.

„Scharfes Gerät, deine Mutter."

„So solltest du nicht reden, Sajid. Es handelt sich immerhin um MEINE Mutter. Das ist respektlos. Ich rede schließlich auch nicht so über deine Mutter."

„Hey Bro, findest du meine Mutter etwa nicht scharf?"

„Ja... ich meine nein... ich meine nicht auf diese Art."

„Wie jetzt, Alter?"

„Nicht sexuell gesehen. Es gibt einen Ehrenkodex, der

sagt, dass die Mütter deiner Bro's tabu sind."
„Hab ich nie was von gehört. Außerdem will ich deiner Mama nicht an die Wäsche, also in echt, kapiert? Gucken darf man wohl noch."
„Wenn es um so was geht: nein!"
„Die Gedanken sind frei, Alter. Sagt schon die Werbung."

Es hat keinen Zweck. Gegen meine Mutter komme ich nicht an. Sie ist cooler als ich und das ist absolut nicht in Ordnung. So hat das die Evolution nicht vorgesehen. Mütter sollten ihren Kindern Vorschriften machen, ihnen Grenzen aufzeigen, an denen sie sich reiben und daran reifen können. Sie sollten Stützstrumphosen tragen, Prosecco mit ihren Freundinnen trinken und sich dabei über ihre ungezogenen Blagen ausheulen. Meine Mutter trägt Vintage-Klamotten und hautenge Jeggings, trinkt wahlweise Gin ohne Tonic oder nachhaltig angebauten Ingwer-Tee und schleppt mich einmal pro Woche zu einem Schamanen, wo wir in der Schwitzhütte über stinkenden Reisigaufgüssen unser Seelenleben offenbaren sollen.
Meine Mutter sucht tatsächlich den Dialog mit mir!
Einfach abartig, das Ganze.
Wie soll ich Gefühle ausdrücken, die mir selbst unbegreiflich sind? Das ist anstrengend und frustrierend! Noch 157 Tage. Dann werde ich

achtzehn. Dann kann ich mein Zeug packen und sie kann die Welt retten und weiterhin jung und cool bleiben. Ich geh meinen eigenen Weg. Auch am Arsch führt ein Weg vorbei.

Sie hat mich jung bekommen, mit dreiundzwanzig, als sie ihren Germanistikabschluss machen wollte. Da ich im pränatalen Zustand bereits dazu genötigt wurde, mir Uni-Lesungen über Kant und Hegel anzuhören, hat sie mir seit dem Durchtrennen der Nabelschnur eine überdurchschnittliche Intelligenz bescheinigt. Dabei weiß ich gar nichts.

Ich habe nie Ehrgeiz entwickelt, da ich für die selbstverständlichsten Dinge der Welt in den Himmel gelobt wurde. Jeder Windelschiss wurde als Wunder gefeiert. Mutter zerfloss vor Stolz, wenn ich als Vorletzter beim 400m-Lauf über die Zielgerade humpelte oder als Torwart zwölf Bälle in einem zehnminütigen Spiel durchließ. Meine Durchschnittlichkeit wurde ad absurdum aufgewertet, was dazu führte, dass ich im Sumpf des Mittelmäßigen stecken geblieben bin.

Durchhalten ist etwas für die Kinder von Helikoptereltern. Ich werde für das geliebt, was ich bin. Was auch immer dies sein mag.
Ich habe kein Ziel, keinen Antrieb.

Alles ist eins, ist einerlei.

„Du weißt sehr viel. Aber du weißt damit nichts anzufangen", brachte es meine Deutschlehrerin treffend auf den Punkt.

„Du bist eben ein besonderes Kind, das nicht den herkömmlichen Paradigmen der Gesellschaft entspricht", pflegte meine Mutter daraufhin zu erwidern. „Solange du mit dir selbst im Reinen bist, ist alles, was du tust, richtig."

Sie hätte mir lieber einen Tritt in den Hintern verpassen sollen oder noch besser, eine Nachhilfelehrerin wie die von meinem Freund Henning. Was war ich neidisch auf den! Seine Eltern, die meine Mutter stets als „komplexbehaftete Vorstadt-Kapitalisten" bezeichnet, hatten Henning dazu verdonnert, eine tote Sprache, die nach Gladiatoren und mittelalterlichen Mönchsverschwörungen klang, zu erlernen. Da auf meiner Walddorfschule nur lebendige Sprachen unterrichtet werden, blieb mir die Chance verwehrt, jede Woche zwei himmlische Stunden bei einer Nachhilfelehrerin wie Maria Fattone zu verbringen. DIE war ein wirklich scharfes Gerät! Eine hochgewachsene, üppig bestückte Römerin mit dunklen, durchdringenden Augen. Sie war streng und schön zugleich, geheimnisvoll und faszinierend. Ich begleitete Henning drei Monate lang zu seinem

Nachhilfeunterricht, obwohl ich kein Wort verstand und opferte dafür meine letzten Ersparnisse. Professoressa Maria Fattone suchte keinen Dialog mit uns, sie hatte uns komplett unter Kontrolle. Klare Ansagen, klare Regeln. Ein mir unbekanntes und zugleich höchst erotisierendes Gefühl. Latein erschien mir als Sprache der Lust schlechthin. Noch heute bekomme ich eine Erektion, sobald der Papst im Fernsehen den Ostersegen „Urbi et orbi" erteilt.

Vielleicht entspreche ich tatsächlich nicht den herkömmlichen

Paradigmen der Gesellschaft.

Das würde bedeuten, dass meine Mutter Recht hat.

Was ich nur schwer ertragen könnte.

Auf verwandtschaftliche Übereinstimmungen aller Art reagiere ich äußerst dünnhäutig. Einen vorläufigen Tiefpunkt musste ich vor drei Wochen verkraften. Meine Freundin Philomena, mit der ich seit der siebten Klasse die Schulbank und seit sieben Monaten mein Bett teile, hat etwas Unverzeihliches gesagt. Wir haben uns gerade auf den orientalischen Diwan in meinem Zimmer gefläzt und Gras geraucht. Sehr richtig, während sich andere in zwielichtigen Bahnhofstoiletten rumdrücken müssen, können wir gemütlich in den Wintergarten spazieren, um dort ein Tütchen Spaß von meiner Mutter zu erwerben. Die beiden haben sich nach und nach angefreundet,

verteilen mittlerweile gemeinsam vegane Broschüren in der Innenstadt und gehen zum Contemporary Dance. Sie sind Busenfreundinnen geworden, was mich, wie ich ungern gestehe, ziemlich eifersüchtig macht. Einfältig wie ich war, dachte ich, dass Philomenas Busen mir exklusiv vorbehalten blieb. Doch folgender Satz hat diese Kleinjungenfantasie endgültig zunichte gemacht:
„Wenn ich deine Mutter so ansehe, dann sehe ich darin den großartigen Menschen, der bereits in dir angelegt ist und der du einmal werden wirst."
Es versteht sich von selbst, dass es mir nach dieser Aussage unmöglich war, sie weiterhin zu vögeln. Sie hat meine Mutter zu uns ins Bett geholt und damit jegliche erotische Aktivität im Keim oder vielmehr in meinen Keimdrüsen erstickt.

Natürlich hat Philomena den Kern des Problems nicht erkannt. Genauso wie ich kein Verständnis von meinen Freunden zu erwarten habe.
„Deine Mutter ist klasse. Meinen Eltern kann man nie etwas recht machen. Dieser ständige Leistungsdruck, sei froh, dass du damit nicht leben musst."
Womit ich leben muss, ist etwas völlig anderes.
Weil meine Mutter von allen geliebt oder durch ihre Coolness gefürchtet wird, bleibt mir, um mich wie von der Natur vorgesehen gegen die Elterngeneration aufzulehnen, nichts anderes übrig, als ein Vollpfosten

zu werden.
Weil ich keine Grenzen habe, sehe ich keinen Weg.
Weil ich alles darf, kann ich nichts.

Dies will ich ihr nun sagen, ungeschönt und ehrlich. Sie sitzt mir am Frühstückstisch gegenüber, mischt Gerstengras in das Sesam-Müsli. Noch 157 Tage. Das schaffe ich nicht. Das schaffe ich nicht, ohne etwas zu tun, was mir später leid tun wird. Eigentlich ist sie nicht übel. Eigentlich meint sie es nur gut mit mir. Eigentlich handelt sie nach bestem Wissen und Gewissen. Sie weiß es eben nicht besser.
Ich muss es ihr sagen, jetzt. Da fällt mir ein, dass ich noch dringend eine Unterschrift von ihr benötige. Missmutig ziehe ich meine letzte Mathematikklausur hervor. Null Punkte, ein Volltreffer.
„Mathe ist nicht so gut gelaufen."
Wie sollte es auch? In einem Haushalt, in dem astrologische Geburtshäuser und die Krafttierkarten der Lakota-Indianer zu Rate gezogen werden, weiß man mit banalen Dingen wie mathematischer Logik nichts anzufangen.
Meine Mutter atmet hörbar durch den Mund aus.
„Wirst du das Abitur schaffen?", fragt sie.
„Denke nicht", ergebe ich mich matt.
„Halb so wild, dann probierst du es eben nochmal. Wie sagte schon Augustinus: Scheitere wieder, scheitere besser."

Mit diesen Worten pflastert sie einen weiteren Meilenstein auf dem Pfad meiner Erziehung.

„Hab einen schönen Tag, mein Schatz". Sie übergibt mir das unterschriebene Papier. Keine Spur von Enttäuschung oder Verärgerung in ihren Augen. Stattdessen lächelt sie mich an. In diesem Moment wird mir klar, dass sie mich immer lieben wird, absolut vorbehaltlos. Dieses gewaltige Gefühl kribbelt unter der Kopfhaut, zerrt an meinen Schläfen und reißt meine Mundwinkel nach oben. Ich erwidere ihr Lächeln. Alles, was mir zuvor auf der Zunge lag, ist im Nichts verpufft.

Also trinke ich meinen Grünkohl-Smoothie aus, dem ich es immerhin zu verdanken habe, dass die jugendliche Akne spurlos an mir vorüberging. Ich ziehe mir meine fair getradeten, veganen Schuhe an, der mindestens zwei indische Kinder ihre Schulbildung und eine nicht geschächtete bengalische Kuh ihr Leben zu verdanken haben.

Werde wohl weiterhin im grenzenlosen Reich der antiautoritären Möglichkeiten umherwandeln, ab und zu über einen Meilenstein meiner Erziehung stolpern und darauf hoffen, dass mir das Schicksal irgendwann eine Richtung aufzeigt, mit etwas Glück sogar die richtige.

Noch 157 Tage. In Gedanken seufzend, verabschiede ich mich und setze meinen Weg fort.

Zugvögel

Endlich konnte er sich seinen großen Traum erfüllen. Keine langweiligen Fotos von Taufen und Hochzeiten mehr, auf denen ab einem gewissen Punkt der beste Fotograf der Welt nichts mehr retten konnte. Onkel Emils rote Schnapsnase, die halb zerfallene Frisur der Braut oder das Erbrochene auf dem Kleid des Täuflings. Er hielt den Moment mit der Kamera fest. Ob seine Kunden mit dem, was sie später auf den Bildern sahen, einverstanden waren, lag nicht mehr in seinem Ermessen. Manchmal tat die Wahrheit einfach weh.

Sein Jubel über die Akkreditierung als Fotograf einer großen Bildagentur bei den Olympischen Spielen in Rio war Anlass genug, um mit seinen Kumpels ausgiebig zu feiern. Zum Glück gab es davon keine Fotos. Er hätte sich vermutlich sehr schämen müssen.

Nun saß er zwischen all den anderen Fotografen in einem abgesperrten Bereich im riesengroßen Stadion. Er zog nochmal sein Leibchen zurecht, auf dem groß 007 stand, seine Nummer, unter der er registriert war. In kleineren Buchstaben stand nur sein Vorname, Elmo, unter der Nummer.

Die Sonne knallte mit praller Wucht ins vollbesetzte Stadion. Die Stimmung kochte wie die rote Aschenbahn, auf der die Langstreckenläufer ihre Runden drehten. 10.000 Meter! Er vermutete, dass der heiße Boden sie noch weiter antrieb, schneller zu laufen, damit ihre Schuhe nicht mit dem Untergrund verschmolzen. Er wischte sich mit einem sauberen Taschentuch den Schweiß von der Stirn und richtete sein Objektiv auf den führenden Läufer. Extra für diesen Anlass hatte er seine Ausrüstung aufgestockt. Die Investition würde sich sehr schnell wieder reinspielen, wenn ihm der goldene Schnappschuss gelang. Das Foto, das alle Medien kaufen wollten. Sein Ticket in die Elite der Sportfotografen.

Er suchte durch die Linse den Läufer, der auf der anderen Seite der Laufbahn rannte, als sei der Leibhaftige hinter ihm her, dabei aber einen Gesichtsausdruck präsentierte, als würde er einmal um den Block zum nächsten Bäcker joggen. Er drückte den Auslöser und hielt den Moment fest. Die Kontrolle auf dem Laptop, der an seine Kamera angeschlossen war, ergab ein solides Bild, aber keinen goldenen Schnappschuss.

Er richtete sich auf, um das Geschehen auf dem Rasen auf sich wirken zu lassen. Die Speerwerfer machten sich bereit. Sie prüften ihre Speere und hielten sie in jahrelang eingeübten Handgriffen über dem Kopf, um die richtige Wurfposition zu finden. Nicht für jeden war das olympische Motto „Dabei sein ist alles" ausreichend. Nein, es ging um viel mehr. Es ging um Gold. Die olympische Goldmedaille war der Ritterschlag für jeden Athleten. Während die

Speerwerfer sich für die Vorstellung der Teilnehmer aufstellten, absolvierten die Weitspringer ihre ersten Probesprünge. Sie nahmen Anlauf, sprangen vom Brett ab und streckten sich in der Luft, ehe sie wie ein Taschenmesser zusammenklappten und die Füße in den feinen Sand bohrten, der wie das Rad eines Pfaus hinter ihren Körpern aufwirbelte. Kaum hatte der Athlet sich den Sand von der Hose geklopft, eilte bereits ein Helfer herbei um das Chaos in der Sandgrube zu beseitigen. Mit ein paar Rechenstrichen lag der Sand feinporig und eben in der Grube, als wäre nichts passiert. Doch der nächste Springer war bereits im Anflug. Der Helfer hatte seinen Rechen schon wieder zur Hand und ein glückliches Lächeln im Gesicht. Elmo hielt den strahlenden Moment des Jungen mit der Kamera fest und freute sich mit ihm. Er war sicher, dass er zuhause die Einfahrt mit weniger Enthusiasmus kehrte. Er konnte es verstehen. Das hier waren die Olympischen Spiele!

Elmos Blick glitt über die Zuschauer. Aus aller Herren Länder waren sie angereist, um ihre Landsleute nach vorne zu schreien und zu Höchstleistungen anzutreiben. Sie hüllten sich in Fahnen, schmierten sich die Landesfarben ins Gesicht, so dass ihnen bunte Schweißrinnsale den Hals hinunter tropften. Er fing ein paar Momente ein. Aber der goldene Schnappschuss war nicht dabei.

Der Geräuschpegel im Stadion war enorm. Der

Stadionsprecher informierte die Gäste über alle Ereignisse, die auf und um den Rasen stattfanden oder animierte sie zum Klatschen. Die Zuschauer brüllten die Namen ihrer Favoriten, sangen Nationalhymnen oder einfach nur Lalala. Doch alle warteten auf das Highlight der ganzen Veranstaltung.

Der 100-Meter-Lauf der Männer! Die Schnellsten der Welt. Vermeintliche Dopingsünder gegen Saubermänner. Gut gegen Böse. Kraft gegen Schnelligkeit.

Der Stadionsprecher stellte die Teilnehmer einzeln vor und jedes Mal ging ein aufgeregtes Raunen durchs Publikum.

Elmo probierte verschiedene Objektive aus und schritt den Korridor der Fotografen entlang. Wo sollte er sich nur hinstellen? An den Start? Ans Ziel? Irgendwo in der Mitte?

Die Läufer nahmen ihre Positionen ein, als sich der Himmel auf einmal verdunkelte. Elmo blickte nach oben und sah, dass hunderte von Zugvögeln über das Stadion flogen. Der Startschuss ertönte, doch niemand bewegte sich. Jetzt drückte Elmo auf den Auslöser.

Konkurrenzkampf

Ich machte die Schachtel auf und dann sahen mich zwei Augen an. Gut, dachte ich mir, muss man nicht unbedingt so machen. Kann man aber. Ist vielleicht deutlicher. Er hätte mir einfach einen Brief schicken können. Ein kleiner Anruf, wegen mir auch eine SMS. Hätte es auch getan. Aber nein, es musste mal wieder die theatralische Ansage sein. Typisch für diesen Penner. Es wurde wohl doch langsam Zeit, dass ich mal ein ernstes Wörtchen mit Luigi rede. Wenn es ihm nicht passt, dass mein niveauvolles Etablissement in der Nähe von seiner verdreckten Bummsbude eröffnet, hätte er es mir sagen können. Mit Worten. Aber mir eine Schachtel mit den Augen von meinem Pitbull Terrier zu schicken, ist schon eine Frechheit. Was konnte der Hund dafür, dass wir einen kleinen Konkurrenzkampf haben? Der stellt sich aber auch an. Nur weil ich ihm das ausgehungerte Tier nachts in seine Wohnung hatte bringen lassen, musste er doch nicht gleich überreagieren. So ein kleiner Hundebiss kann schon weh tun, gebe ich ja zu. Aber der Pitbull hat ihn ja nicht zerfleischt. Leider. Ein kleines Stück aus dem Oberschenkel hat er ihm herausgerissen. Und aus dem Unterarm. War halt etwas hungrig, der Pitbull.
Luigi ist aber auch selber schuld. Der Affe musste unbedingt provozieren und einen auf dicke Hose

machen. Statt es einfach hinzunehmen, dass mein Etablissement besser besucht ist, fand er es witzig meinen Ferrari in die Luft zu jagen. Das war nicht nett und hätte böse enden können. Hatte gerade den Motor gestartet und wollte losfahren, da bemerkte ich, dass ich mein Handy im Lokal vergessen hatte. War gerade aus der Karre raus, rums. Der schöne Wagen nur noch Trümmer. Hat dieses Arschloch eigentlich eine Vorstellung, wie oft meine Mitarbeiterinnen die Beine breit machen müssen, bis so ein Wagen bezahlt ist? Ich bin ja wirklich nicht nachtragend, aber den Typen musste mal jemand in den Arsch beißen.

Darum hatte ich mir diesen kleinen niedlichen 120kg Pitbull gekauft. Bei einem dubiosen belgischen Hundezüchter. Der Hund wurde dort nur mit frischem blutigen Fleisch gefüttert. Selbstverständlich Bio. Manchmal lebte das Fleisch auch noch und der niedliche Pitbull hatte seine helle Freude daran seinem Essen nachzujagen. Ein bisschen verspielt der Kleine. Der Züchter sagte, dass das ein ganz liebes Tier sei. Solange er täglich gefüttert wird. So wie der Hund es von klein auf gewohnt war.

Ich hatte das Tierchen dann eine Woche nicht gefüttert und von einem geldgeilen drogensüchtigen kleinkriminellen Ukrainer nachts in Luigis Wohnung bringen lassen. Der Pitbull hätte dem Penner im Schlaf das Herz rausfressen sollen. Hatte ihm aber nur Arm und Bein zerfetzt, bis Luigi, dieser Tiermörder, den

Hund erschoss. Armes Tier. Ihm auch noch die Augen rauszuschneiden und mir in einer Schachtel zu schicken, find ich schon unverschämt. Es wird Zeit, dass der Konkurrenzkampf in unserem Rotlichtviertel vernünftig beendet wird. Denke mal, mit einer Viertelmillion Euro wird das Problem zu regeln sein. So viel kostet mich der albanische Profikiller.

Schneeflöckchen

„Jetzt bist du dran, Schneeflöckchen", sagt die dicke Flocke und schiebt Schneeflöckchen sanft aus der Wolke.
„Wir treffen uns dann alle auf der Erde wieder, lass dich einfach fallen."
Schwupps, Schneeflöckchen gleitet in die Dunkelheit.
Es ist ihr unheimlich! Oooohhh! Uuuuaaahhh!
Wo sind denn die anderen?
Warum ist die dicke Flocke nicht mitgekommen?
Plötzlich taucht vor ihr ein heller Stern auf.
Er nickt ihr zu und verlässt mit einem langgezogenen Schweif den Abendhimmel.
„Ach, war das nicht Schnuppe?", denkt sich Schneeflöckchen.
Was ist das? Schneeflöckchen horcht auf. Um sie herum kichert es.
„Wir sind schneller als du, Schneeflöckchen", rufen die vorbeisausenden Schneeflocken im Chor.
„Hui, kommt hier entlang, los macht schon", hallt es aus der Tiefe.
„Bis nachher Schneeflöckchen…"
Schneeflöckchen blickt ihnen hinterher.
„Ja, bis nachher", flüstert sie und denkt sich: „Nächstes Jahr hole ich euch ein, ihr werdet schon sehen!"
Schneeflöckchen wagt sich ganz weit nach links und ganz weit nach rechts zu fliegen, schlägt sogar einen

kleinen Salto.

„Huch, autsch! Oh nein, ich hänge fest!"

Schneeflöckchen klebt an einem Ast.

„Verdammt! Warum habe ich nicht besser aufgepasst!"

Die dicke Flocke hat sie gewarnt: „Achte auf die Bäume, die Äste ragen weit in den Himmel."

Plötzlich stupst etwas an Schneeflöckchen.

Eine kleine rosafarbene Zunge aus einem weit geöffneten Schnabel nähert sich ihr. Dann streckt sich die Zunge weit heraus und …

„Puhhh", bläst der Wind und Schneeflöckchen schwebt herab in Richtung Erde.

Ihr kleines Herz pocht.

Fast hätte die Nachteule sie aufgeleckt.

„Da kommt sie! Endlich! Hierher Schneeflöckchen, hierher", rufen die anderen Schneeflocken von unten.

Da entdeckt sie auch die dicke Flocke, die ihr vom Boden aus zuwinkt.

Während die anderen näher zusammenrücken, gleitet Schneeflöckchen in ihre Mitte.

Am nächsten Morgen glitzert eine geschlossene weiße Schneedecke auf der Erde.

Der Psychiater

„Der neue Psychiater kommt gleich", sagte Carlos und drückte seinen Patient auf einen bequemen Ledersessel. Als er ging klopfte er ihm aufmunternd auf die Schulter. Der Mann reagierte nicht. Nach vorne gesunken ging sein Blick ins Leere. Er nahm weder die gemütliche Sitzecke, noch die Teekanne auf dem Tisch wahr. Genauso wenig bemerkte er die pastellfarben Tapeten oder die großen grünen Pflanzen, die im Raum verteilt standen und für eine entspannte Atmosphäre sorgten. Er hob nicht einmal den Blick, als ein Vogel mit dumpfem Schlag gegen das Fenster flog und zu Boden stürzte.

„Entschuldigen sie vielmals die Verspätung. Es ist mir außerordentlich peinlich gleich bei unserem ersten Treffen unpünktlich zu sein."
Ein klein gewachsener Mann zog eilig die Zimmertür zu und setzte sich dem Wartenden gegenüber. Stumm musterte der Mann den Neuankömmling. Er war zierlich und hatte ein schlecht sitzendes Toupet auf dem Kopf, das durch die monströse Hornbrille noch betont wurde. Dazu trug er eine Cordhose mit Flanellhemd. Die unförmigen Hausschuhe, die seinen Füßen eine groteske Form gaben, sahen lächerlich aus und wurden von dem Patient mit einer hochgezogenen Augenbraue quittiert. Der

Neuankömmling folgte dem Blick zu seinen Füßen.

„Wie unhöflich, ich habe mich nicht vorgestellt. Bitte nennen sie mich Bobby."

Das freundliche Lächeln und die zum Gruß gehobene Hand verfehlten ihre Wirkung nicht. Der Patient verzog vorsichtig die Mundwinkel nach oben, jederzeit bereit sich wieder in die Teilnahmslosigkeit zu flüchten.

„Sie möchten sich nicht vorstellen?" fragte der Psychiater. Der Mann schüttelte den Kopf.

„Wie sie wünschen. Dann wollen wir sehen, was ich über sie weiß." Er blätterte umständlich in einem Stapel Papiere.

„Sebastian Ophis, geboren am 11. September 1990 in Deutschland, München, Abiturdurchschnitt 1,0. Danach Studium der Raumfahrttechnik in den USA. Bis hierher richtig?" Der Patient nickte.

„Nach ihrem Studienabschluss, ebenfalls mit Bestnote, wurden sie von der NASA für das Weltraumprojekt Reload angeworben." Wieder nickte der Mann.

„Bitte helfen sie mir. Worum ging es bei Reload?"

„Reload? Das Projekt soll den physischen Beweis für die Existenz von Plant 9 erbringen. Der Planet wurde bis dato nur mathematisch aus übereinstimmenden Bahneigenschaften von Objekten im Kuiper-Gürtel errechnet. Eine Raumkapsel mit neuartigem Antrieb soll bald in der Lage sein, die 30-50 Astronomischen Einheiten zurück zu legen, um vor Ort nach dem Planeten suchen."

„Das klingt nach einem äußerst interessanten Job."
„Das dachte ich zunächst auch."
„Warum haben sie ihre Meinung geändert?"
„Ich bin aus heiterem Himmel irre geworden, das ist passiert." Sebastian Ophis zuckte die Schultern.
„In der Akte steht, sie haben einen alten, kranken Mann aus seinem Pflegeheim entführt."
„Ja, so steht es in meiner Akte."
Wieder raschelte Papier, als der Psychiater weitere Berichte durchblätterte.
„Ich will ehrlich zu ihnen sein, Herr Ophis. Ich habe mich eingehend mit ihrer Akte beschäftigt. Die Schilderung ihres Falls ergibt für mich keinen rechten Sinn."
„Ist Irrsinn nicht immer sinnlos?"
„Meiner Erfahrung nach steckt hinter dem meisten Irrsinn Plan und Methode", entgegnete der Psychiater.
„Und was steckt hinter meinem Irrsinn?" fragte Sebastian und hob zum ersten Mal den Kopf.
„Warum erzählen sie mir nicht, wie sie hier in dieser Institution gestrandet sind. Vielleicht finden wir gemeinsam heraus, was dahinter steckt."
Der Raumfahrtingenieur stand auf und blickte aus dem Fenster. Lange betrachtete er den toten Vogel, der mit verdrehtem Hals am Boden lag. Dann sah er den Psychiater in seinen Hausschuhen an und kam zu dem Entschluss seine Geschichte zu erzählen:

Nach dem Abitur studierte der junge Deutsche Sebastian Ophis Raumfahrttechnik in den USA. Er schloss das Studium in Rekordzeit mit Bestnoten ab, was der NASA nicht entging. Sie bot ihm einen Vertrag über die Mitarbeit am Projekt „Reload" an. Für Sebastian ging ein Kindheitstraum in Erfüllung. Mit Enthusiasmus widmete er sich voll und ganz seiner Arbeit und zunächst entwickelte sich alles hervorragend. Der einzige Wermutstropfen war Dr. Greyson, der Projektleiter, der auch Sebastians direkter Vorgesetzter war. Sebastian hatte in seiner Gegenwart immer ein beklemmendes Gefühl und kam sich bei dem emotionslos wirkenden Mann, der mit monotoner Stimme sprach und ausschließlich schwarze Anzüge trug, wie ein erschrecktes Kaninchen im Angesicht einer Schlange vor. Trotzdem liebte er seine Arbeit.

Seine Aufgabe bestand darin, eine neuartige Antriebstechnologie weiter zu entwickeln, mit der eine Raumkapsel bis zu dem entlegenen Kuiper-Gürtel gelangen konnte. Unter Laborbedingungen war es einige Monate zuvor gelungen aus elektrischer Energie mithilfe von Mikrowellen messbaren Schub zu gewinnen. Die Experten waren sich einig, dass diese Energiegewinnung in großem Stil möglich und für die Raumfahrt nutzbar gemacht werden konnte.

Nach mehreren Monaten intensiver Forschung war es Sebastian, zum Erstaunen aller Beteiligten, gelungen erste vielversprechende Ergebnisse vorzuweisen. Ein paar Wochen später war er mit seinen Experimenten an einem Punkt angelangt, an dem eine erweiterte Laborausstattung unumgänglich war. Obwohl Sebastian es so gut es ging vermied mit Dr. Greyson zusammenzutreffen, beschloss er nach einem arbeitsintensiven Tag mit seinem Vorgesetzten persönlich über die benötigten Geräte zu sprechen.

In Dr. Greysons Büro brannte Licht, doch das Zimmer war leer, der Computer ausgeschaltet. Als Sebastian wieder gehen wollte, ließ ihn leises Gemurmel aufmerksam werden. Er sah sich nach dem vermeintlichen Radio um, das Dr. Greyson vergessen hatte auszuschalten. Statt eines Radios entdeckte Sebastian in der Wandtäfelung einen schmalen, langen Lichtstreifen, den er nicht zuordnen konnte. Als er ihn näher in Augenschein nahm entdeckte er eine versteckte Tür, die einen Spalt offen stand. Mit einem Auge spähte er neugierig hindurch. Das Gemurmel kam aus einem geheimen Raum dahinter.

An der gegenüberliegenden Wand des Geheimraums war ein großer Monitor befestigt. In einer Endlosschleife erschienen darauf die immer gleichen altmodischen Fotos. Trotz der digitalen Aufbereitung waren viele der Fotos unscharf, hatten einen Gelbstich und wiesen deutliche Gebrauchsspuren auf. Die Bilder, die in einer Wüstenregion aufgenommen waren, zeigten Fußabdrücke und Reifenspuren, die sich tief im Boden um einen Krater eingegraben hatten. Mehrere Fotos waren von einem zerfetzten Stiefel gemacht worden. Den Abschluss der Fotoreihe bildeten Aufnahmen einer Gesteinsformation.

An der Seite des Monitors stand Dr. Greyson zusammen mit mehreren Männern, die ebenfalls schwarze Anzüge trugen. Sebastian fühlte den altbekannten Druck in der Brust, der ihn in Dr. Greysons Gegenwart überfiel. Doch nun verstärkte sich der beklemmende Druck mit jedem Atemzug. Einerseits wollte er das Büro schnell verlassen, andererseits war er neugierig. Seine Neugier siegte. Was die Männer beredeten konnte Sebastian nicht verstehen, doch sie schienen eine Meinungsverschiedenheit zu haben. Dr. Greyson zog mit einem wütenden Zischen ein Stück Folie aus seiner Jacketttasche, zerknüllte es in der Hand und warf es einem der anderen Männer vor die Füße. Auf dem Boden entfaltete sich die Folie, ohne eine einzige Knitterfalte zurückzubehalten. Der Mann beugte sich mit ruckartigen Bewegungen hinunter, hob die Folie auf, um sie in seiner eigenen Jacketttasche zu verstauen. Sebastian traute seinen Augen nicht. Diese

Folie wäre für seine Arbeit sicher von großem Nutzen. Warum hatte Dr. Greyson diese Folie mit keinem Wort erwähnt? Und wer waren die schwarz gekleideten Männer? Sein Herzschlag dröhnte in seiner Brust. Er war sicher, dass die Gruppe um Dr. Greyson jeden Moment auf ihren ungebetenen Gast aufmerksam werden musste. Bevor er entdeckt wurde schlich Sebastian leise aus dem Büro.

In den nächsten Tagen arbeitete er wie gewohnt an der Weiterentwicklung des neuen Antriebs ohne jemandem von seinem Erlebnis zu erzählen. Insgeheim befürchtete er, dass sein nächtlicher Besuch in Dr. Greysons Büro Folgen haben würde, doch zu seiner Erleichterung sprach ihn niemand darauf an.

Auch wenn er sich nach außen hin nichts anmerken ließ, beschäftigte Sebastian das Gesehene in jeder freien Minute. Vorsichtig sprach er seine Kollegen auf ungewöhnliche Materialien und fremde Besucher der NASA-Forschungseinrichtung an. Außer ein paar spöttische Bemerkungen, über die CIA, die auf der Jagd nach Außerirdischen und ihren Hightech-Untertassen war, erhielt Sebastian zu seiner großen Frustration keine Antworten. Trotzdem war er entschlossen etwas über die erstaunliche Folie und die Fotos, die offensichtlich damit in Verbindung standen, in Erfahrung zu bringen.

Über die Weihnachtsfeiertage nahm Sebastian die Einladung seines besten Freundes Kyle an, der die ganze Clique aus Studienzeiten zu einer feuchtfröhlichen Dauerparty nach Las Vegas bat. Für den Jahreswechsel hatte sich Kyle etwas besonders ausgedacht und eine Luxus-Suite gebucht. Als weit nach Mitternacht außer Kyle und Sebastian niemand mehr aufrecht stehen konnte wurde Sebastian wieder an den merkwürdigen Abend im Forschungszentrum erinnert.

„Hey, du bist doch jetzt ein Weltraumäffchen", lallte Kyle mit einem verschwörerischen Grinsen und legte den Zeigefinger an die Lippen.

„Dann hast du doch sicher schon mit dem Außerirdischen gesprochen." Er zwinkerte Sebastian mit dem rechten Auge so heftig zu, als ob ein ganzer Mückenschwarm hinein geflogen wäre.

„Kyle, wovon redest du?" Sebastian neigte den Kopf fragend zur Seite.

„Na, die kleinen Watschelfüße, die in Nevada eine Bruchlandung hingelegt haben." Kyle imitierte den watschelnden Gang einer Ente, was ihm in seinem betrunkenen Zustand nicht schwer fiel.

„Die kleinen Watschelfüße?" Sebastian betrachtete die halb geleerte Whiskyflasche in Kyles Hand.

„Ja, die aus der Wüste, über die keiner redet, weil man sonst als Spinner verhaftet wird."
Wüste? Sebastian fühlte ein Kribbeln auf der Kopfhaut. Sofort fielen ihm Dr. Greysons Fotos ein. Seine Neugierde war geweckt.
„Na, dann lass mal hören. Dass du ein Spinner bist weiß ich schon seit dem ersten Semester, und ich musste dich während des Studiums mehr als einmal aus der Ausnüchterungszelle holen," forderte Sebastian seinen Freund belustigt auf.
„Nein, Äffchen. Ich habe eine bessere Idee." Auf einmal wirkte Kyle vollkommen nüchtern. „Mein Grandpa Barnett soll dir die Geschichte erzählen. Er war schließlich hautnah dabei. Er hat sowieso gefragt, ob ich dich mal mitbringe. Der alte Herr hat einen Weltraumtrick und interessiert sich für alles, was sich auf der Milchstraße tut. Deshalb will er unbedingt meinen Freund, das Weltraum-Ass, kennenlernen."

Da Sebastian während seines Urlaubs nichts anderes zu tun hatte, war er zwei Tage später mit Kyle auf dem Weg nach Albuquerque. Als die Freunde vor einem steril wirkenden psychiatrischen Pflegeheim standen überfielen Sebastian Zweifel, ob es eine gute Idee gewesen war Grandpa Barnett zu besuchen. Kyle bemerkte seine Zurückhaltung und sagte aufmunternd: „Der alte Herr ist nicht verrückt. Er weiß nur etwas was er nicht ausplaudern soll."

Sebastian dachte an das geheime Zimmer. Ein beklemmendes Gefühl machte sich bei ihm bemerkbar, als sich die Freunde dem Eingang näherten. An der Rezeption stand eine hübsche Brünette die Kyle vertraut anlächelte.
„Kyle, hallo! Sie wollen sicher zu ihrem Grandpa. Bevor sie zu ihm gehen sollten sie aber erst mit dem neuen Psychiater sprechen. Ich werde ihn sofort holen lassen. Bitte nehmen sie so lange in unserem Wartebereich Platz."

Sebastian folgte Kyle zu einer abgenutzten Couch. Da er der Meinung war, dass ihn Grandpa Barnetts gesundheitlicher Zustand nichts anging entschuldigte er sich, um auf die Toilette zu gehen. Als er zurück kam sah er Kyle mit einem steif wirkenden Mann im schwarzen Anzug reden. Er kam Sebastian seltsam bekannt vor. Einer Eingebung folgend duckte er sich hinter eine große Zimmerpflanze und wartete bis Kyle allein war.
„Schlechte Nachrichten", sagte Kyle bedrückt. „Grandpa Barnett hatte einen schlimmen psychotischen Schub. Der Arzt musste ihm starke Medikamente geben. Jetzt ist er kaum noch ansprechbar."
Kyle betrachtete eingehend seine Schuhspitzen, um Sebastian nicht anzusehen zu müssen.
„Alles in Ordnung mit dir?" fragte Sebastian.

„Ich hatte gehofft, du könntest mit Grandpa Barnett reden. Er wollte dich unbedingt kennenlernen."

Im Krankenzimmer saß der alte Mann zusammengesunken in seinem Rollstuhl. Speichel lief ihm aus dem Mundwinkel, seine Augen waren trüb und leer. Neben dem Rollstuhl saß eine junge Frau am Boden, die unablässig das Knie des alten Mannes tätschelte.
„Louise, was machst du hier?" rief Kyle erstaunt.
„Sebastian, das ist meine kleine Schwester Louise. Louise das ist mein bester Freund – Sebastian das Weltraum-Ass."
„Hallo Sebastian, schön dich kennenzulernen", sagte Louise höflich und wandte sich an ihren Bruder. „Kyle ich mache mir große Sorgen um Grandpa! Ich traue dem neuen Psychiater nicht. Er ist unheimlich. Ich glaube, er benutzt Grandpa um nicht zugelassene Medikamente zu testen!"
„Schwesterchen, wie kommst du auf solche Ideen? Der Psycho-Doc will Grandpa doch nur helfen." Kyle packte seine Schwester an den Schultern und sah sie eindringlich an.
„Ich war letzten Mittwoch den ganzen Tag bei Grandpa. Es ging ihm gut. Er hat sich sehr auf euren Besuch gefreut. Als ich am nächsten Tag wieder kam fand ich ihn in diesem Zustand. Grandpa ist seitdem nicht mehr ansprechbar. Er kann nicht allein essen

oder trinken. Der Pfleger hat ihm sogar einen Katheter gelegt. Der neue Psychiater sagt, dass Grandpa einen schweren psychotischen Schub hatte, der starke Medikamente nötig macht. Aber das glaube ich nicht."

Während Kyle seine Schwester ratlos ansah, setzte sich Sebastian auf den einzigen Stuhl im Zimmer. Ihm war schwindelig geworden, als ihm einfiel, woher er den Psychiater kannte. Er war einer der Männer gewesen, die mit Dr. Greyson in dem geheimen Zimmer waren. Doch wieso war er hier? Hatte es etwas damit zu tun, dass der alte Mann unbedingt mit Sebastian sprechen wollte?

Entschlossen packte Sebastian die Griffe des Rollstuhls und schob Grandpa Barnett in den Gang. Kyle und Louise folgten ihm wortlos, froh dass Sebastian die Führung übernommen hatte. Im Park erzählte Sebastian seinen Freunden was er in Dr. Greysons Büro gesehen hatte. Sie schienen zu seiner Verwunderung nicht überrascht zu sein und wollten wissen, was sie nun machen sollten.
„Bist du mit dem Auto hier, Louise?" frage Sebastian.
„Ja."
„Gut. Dann hol es und warte auf uns."
„Was hast du vor Sebastian?" erkundigte sich Kyle, der den Park im Auge behielt.
„Wir machen mit Grandpa Barnett einen Ausflug.

Hoffen wir, dass die Wirkung der Medikamente bald nachlässt und er uns erzählen kann, was der Psychiater mit ihm angestellt hat und warum."

Als alle im Auto saßen fuhr Louise ziellos durch die Gegend.

„Wir können nicht zu dir, Louise", sagte Kyle, der wachsam nach möglichen Verfolgern aus dem Pflegeheim Ausschau hielt. Sie nickte.

„Ich weiß wohin wir fahren", rief sie nach einer Weile. „Wir fahren zu Tina, meiner Freundin. Während sie im Urlaub ist sehe ich in ihrem Haus nach dem Rechten."

Tinas Haus lag in einem ruhigen Vorort. Die Freunde brachten Grandpa Barnett ins Schlafzimmer und beratschlagten was zu tun war. Da Grandpa Barnett nach wie vor nicht ansprechbar war, machte es sich das Trio für die nächste Zeit vor dem Fernseher bequem. Es dauerte einige Tage, bis die Wirkung des Medikaments nachließ.

Am vierten Tag saß Grandpa Barnett noch immer halb weggetreten mit den Anderen im Wohnzimmer. Im Fernsehen lief Independence Day, was dem alten Mann nicht zu gefallen schien. Er gab grunzende Laute von sich und wackelte mit dem Kopf. Kyle schaltete den Fernseher aus, damit sich der alte Mann beruhigte. Doch damit erreichte er das genaue Gegenteil. Grandpa Barnett wurde noch unruhiger und zeigte eindringlich mit den Händen in Richtung Fernseher. Louise sprach leise auf ihren Grandpa ein, der sich immer weiter aufregte bis Kyle eine Idee hatte.

„Grandpa, das ist Sebastian, mein Freund von der Uni, der jetzt bei der NASA arbeitet und den neuen Antrieb entwickelt. Du wolltest doch mit ihm sprechen."
Grandpa Barnett brummte undefinierbar.
„Hallo, Herr Barnett. Ich bin Sebastian. Was möchten sie mit mir besprechen?"
Grandpa Barnett packt blitzschnell Sebastians Hand und drückte sie mit erstaunlicher Kraft.
„Ich glaube, die Medikamente lassen nach", sagte Sebastian zu den Geschwistern.
„Super. Wenn er wieder klar im Kopf ist wird er Hunger haben. Ich bestelle uns schnell etwas beim Chinesen."
Kyle zückte seine Kreditkarte und verschwand mit seinem Smartphone in der Küche.
Zwanzig Minuten später stand das Essen auf dem Tisch. Mit jedem Bissen wurde Grandpa Barnett klarer.

„Wir sind im Haus einer Freundin", erklärte Louise. „Wir haben uns Sorgen um dich gemacht, weil dein neuer Psychiater dir zu starke Medikamente gegeben hat. Sebastian hatte die Idee dich wegzubringen, damit die Medikamente ihre Wirkung verlieren."
„Junge, du hast gut daran getan diesem Dr. Darkson

nicht über den Weg zu trauen." Grandpa Barnett nickte Sebastian anerkennend zu.

„Woran arbeitest du?"

„Ich arbeite am Projekt Reload. Ich entwickle einen neuartigen Antrieb, mit dem eine Raumkapsel bis zum Kuiper-Gürtel gelangen kann, um die Existenz von Planet 9 zu beweisen."

Grandpa Barnett beugte sich interessiert zu Sebastian und flüsterte:

„Hat man dir von Bobby erzählt?"

„Nein, wer ist das?" fragte Sebastian.

„Bevor ich dir von Bobby erzähle muss ich dich etwas fragen, Sebastian. Erstens: Welche Rolle spielt für dich die Herkunft einer Person? Und zweitens: Wie reagierst du, wenn dich eine völlig fremde Person um Hilfe bittet?"

Sebastian runzelte fragend die Stirn, erhielt aber keine weitere Erklärung von Grandpa Barnett.

„Die Herkunft spielt für mich keine Rolle. Es kommt darauf an wie sich eine Person mir gegenüber verhält. Zu ihrer zweiten Frage. Wenn eine fremde Person berechtigt um Hilfe bittet und ich helfen kann, tue ich es selbstverständlich."

„Genau das wollte ich hören", sagte Grandpa Barnett und rieb sich begeistert die Hände.

„Auf jemanden wie dich warte ich schon lange. Ich möchte dich hiermit bitten, Bobby zu helfen nach Hause zu kommen."

Der alte Mann sah Sebastian erwartungsvoll an.

„Bevor ich zusage muss ich mehr über Bobby und seine Situation wissen", wich Sebastian aus. Er befürchtete dass es nicht damit getan war diesem Bobby ein Busticket in den nächsten Bundesstaat zu kaufen. Hilfesuchend sah Sebastian zu Kyle, der nervös seine Serviette zwischen den Fingern knetete.

„Hör ihm zu und sei bitte nicht voreingenommen. Ich weiß, es ist schwer zu glauben was du gleich hören wirst, " sagte er.

„Na schön Grandpa Barnett. Wer also ist dieser Bobby und warum braucht er meine Hilfe?"

„Hör gut zu, denn diese Wahrheit darf keiner wissen", sagte Grandpa Barnett und begann zu erzählen.

„Als junger Mann verdiente ich mein Geld auf einer Farm bei Roswell. Meine Hauptaufgabe war es mich um die Tiere zu kümmern, aber ich war auch Mädchen für alles. Ich reparierte Zäune, kümmerte mich um defekte Fahrzeuge, eben alles was anfiel. In meinem zweiten Jahr, im Sommer 1947, waren alle auf der Farm in heller Aufregung. Schon seit Wochen trieben Viehdiebe in der Gegend ihr Unwesen und wir fürchteten, dass sie es auch auf unsere Rinder abgesehen hatten. Nachts schlief ich deshalb nur mit einem Auge, falls sich diese miesen Kuhräuber zeigten.

Eines Nachts wachte ich auf, weil mein Pferd, das draußen im Paddock stand, laut wieherte. Von den Viehdieben war weit und breit nichts zu sehen. Stattdessen fand ich mein völlig panisches Pferd. Es war eine ältere, zuverlässige Stute, die normalerweise nichts aus der Ruhe brachte, doch in dieser Nacht schien sie den Teufel zu fürchten. Das arme Ding war am ganzen Körper nassgeschwitzt, rollte wild mit den Augen und wieherte schrill. Sie stieg, buckelte und rannte abwechselnd von einer Zaunseite zur anderen. Ich traute mich nicht in den Paddock, da ich fürchtete niedergetrampelt zu werden. Ich versuchte das Pferd mit meiner Stimme zu beruhigen, doch die Stute hatte zu große Angst um auf mich zu hören. Als ich mich, meinem Pferd zuliebe, dazu durchgerungen hatte doch in den Paddock zu gehen, passierte plötzlich alles gleichzeitig.

Ich weiß noch wie ich einen Fuß auf die unterste Latte setzte, als ein leichtes Summen in der Luft einsetzte, dass ich mehr spürte als hörte. Es steigerte sich, bis ich die Vibrationen im ganzen Körper fühlen konnte. Die Stute schrie noch schriller und versuchte über das viel zu hohe Gatter zu springen. Im Flug drehte sie den Kopf zum Himmel, verlor die Orientierung und blieb mit der Hinterhand am Gatter hängen. Mit einem verzweifelten Schrei stürzte sie auf der anderen Seite zu Boden. Sofort versuchte sie sich mit gebrochenen

Beinen aufzurichten. Natürlich vergeblich, aber das hielt das Tier nicht davon ab es immer wieder zu versuchen. Zur gleichen Zeit schoss im Abwärtsflug eine hell leuchtende Scheibe am Himmel vorbei. Als sie in der Wüste aufschlug bebte der Boden wie bei einem Bombeneinschlag. Selbst die Zeit schien getroffen zu sein. Es war auf einmal totenstill. Keine Pferdeschreie, keine Nachtgeräusche, kein Summen in der Luft.

Noch bevor ich begriff, was geschehen war, setzten die Geräusche wieder ein, und der Farmer kam mit einem Gewehr in der Hand angestürmt. Als er das am Boden liegende Pferd bemerkte schüttelte er traurig den Kopf und erlöste es von seinen Qualen. Dann wies er mich an, die Farm zu bewachen. Er selbst wollte nach den Rindern sehen, die draußen auf der Koppel standen.

Als mein Boss ungefähr eine Stunde weg war, hörte ich in der Ferne die Sirenen des Sherifs und sah große Militär-Lastwagen in hohem Tempo über unser Land rasen. Ich konnte mir darauf keinen Reim machen und wartete darauf, dass mein Boss zurück kam um zu berichten, was da draußen vor sich ging. Als der Farmer Stunden später zurück kam weigerte er sich mit mir und den anderen zu sprechen. Selbst seine Frau brachte kein Wort aus ihm heraus. Ich fand das alles sehr merkwürdig. Ich wälzte mich schlaflos im Bett herum. Der Tod meines Pferdes und der Aufruhr in der Wüste ließen mir keine Ruhe.

Als ich am nächsten Tag meine Arbeit erledigt hatte, lieh ich mir von einem anderen Arbeiter ein Motorrad und fuhr hinaus zu der Stelle an der die Rinder standen. Die unruhige Herde war in einem mir unbekannten, provisorischen Pferch eingezwängt. Ein paar Meter weiter lagen unter mehreren Planen tote Kälber mit verdrehten Augen und bläulichen, heraushängenden Zungen. Das war seltsam, keines unserer Tiere war krank gewesen. Eine Seuche ging zu dieser Zeit auch nicht um. Auf dem Weg zurück zum Motorrad sah ich an einer durch Kakteen geschützten Stelle Reifenspuren. Dem Abstand und der Tiefe der Spuren nach zu urteilen stammten sie von Lastwagen, die etwas Schweres transportiert hatten. Ich wurde neugierig und folgte den Spuren, die immer deutlicher zu erkennen waren, je weiter sie in die Wüste führten.

Nach etwa einer Meile fand ich einen Krater, der fünf Meter tief und einen Durchmesser von etwa 25 Metern hatte. Der Boden rings herum war von Reifen und Militärstiefeln aufgewühlt. Ich ging den Krater mehrmals ab, fand aber nicht heraus, was passiert war. Ich vergrößerte meinen Suchradius, doch ich fand noch immer keine Erklärung. Auf einmal erregte eine Lichtreflexion meine Aufmerksamkeit, die von einer Felsgruppe kam.

Ich ging zu den Felsen, und dort fand ich ihn. Als ich noch ein Stück entfernt war hielt ich ihn für einen Soldat, da er einen olivgrünen Overall trug. Sein Helm ließ seinen Kopf riesig erscheinen, was durch den nachtschwarzen Sonnenschutz, der die untergehende Sonne reflektierte, noch verstärkt wurde. Er lehnte an einem Felsen, da sein Bein unnatürlich verdreht war. Ich wollte helfen, doch er hob abwehrend die Hände, und versuchte hektisch von mir wegzukriechen. Ich ging langsamer und hob ebenfalls die Hände um dem Verletzten zu zeigen, dass ich unbewaffnet und in friedlicher Absicht gekommen war. Nach einer Weile, in der wir uns stumm gemustert hatten, erlaubte er mir näher zu kommen. Als ich sein Bein untersuchte, sah ich den zerfetzten Stiefel. Durch die Fetzen sah ich seinen Fuß, der aus drei dicken fleischigen Zehen bestand, die mich an Vogelfüße erinnerten. Auch der restliche Körper sah aus der Nähe betrachtet asymmetrisch aus.

Obwohl der Mann am Boden nicht sprechen konnte, wollte er mir etwas mitteilen. Mit seinen langen, dünnen Fingern machte er schlingernde Bewegungen von oben nach unten, bis er kurz über dem Boden war, dann ballte er die Finger zur Faust und öffnete sie ruckartig. Ich starrte den Verletzten an, ohne zu verstehen, was er mir zu erklären versuchte. Er wiederholte den Bewegungsablauf, bis mir langsam klar wurde, was mir mein Gegenüber mitzuteilen versuchte. Er war abgestürzt.

Um mich zu vergewissern streckte ich ebenfalls meinen Zeigefinger in Richtung Himmel aus und deutet danach auf ihn. Der Mann nickte und zeigte auf eine Schrift auf seinem Overall. Es waren merkwürdig aussehende Zeichen, die mich entfernt an Hieroglyphen erinnerten. Ich war mir jedoch sicher, solche Zeichen noch nie zuvor gesehen zu haben. Ratlos hob ich die Schultern. Der Fremde lehnte sich mühsam zur Seite und bedeutete mir auf den Boden zu schauen. Er malte mit kurzen, unsicheren Strichen etwas in den Staub, das wie eine umgedrehte Untertasse aussah. Um die Scheibe herum lagen mehrere Gestalten. Ein einziges Strichmännchen zeichnete er stehend. Der Fremde zeigte darauf, dann auf sich und wischte die Figur wieder weg. Stattdessen zeichnete er mehrere Fahrzeuge, die ich als LKW erkannte. Bei einem kleineren Fahrzeug war ich zunächst unsicher, was es darstellen sollte, da mich ein dicker Balken auf dem Dach irritierte. Erst als mehrere Striche wie Sonnenstrahlen darum verteilt waren, erkannte ich, dass es sich um den Wagen des

Sherifs mit Sirene handelte. Zur Zeichnung kamen weitere Männer hinzu, die Gewehre trugen. Der Fremde zeigte mir, dass die umgekehrte Untertasse und die am Boden liegenden Gestalten auf die LKW geladen und abtransportiert wurden.

Ich schloss die Augen und überlegte, was das alles zu bedeuten hatte. Den Wagen des Sherifs und die LKW hatte ich tatsächlich gesehen, und auch diese grelle Scheibe, die vom Himmel gestürzt war. Der Mann war kein Russe, da war ich mir sicher, und ich kannte keine Schrift die aussah wie die auf seinem Overall. Und was sollte der eilige militärische Abtransport unter Aufsicht des Sherifs?

Mein Lieblingsradiosender KOAT hatte in den letzten Tagen mehrfach von unerklärlichen Sichtungen am Himmel berichtet. War der Fremde vielleicht mit einem Raumschiff abgestürzt? Es machte auf skurrile Weise Sinn, doch glauben wollte ich es nicht. Außerirdische passten nicht in mein Weltbild, das aus der Farm, Rindern und Poker bestand.

Der Fremde schien zu spüren, dass ich mit mir haderte. In Zeitlupentempo zog er etwas aus seiner Beintasche, das er mir hinhielt. Es sah aus wie ein Stück Alufolie. Nach einer auffordernden Geste nahm ich die Folie in die Hand, die nicht einmal halb so viel wie eine Feder wog. Sie fühlte sich angenehm samtig und kühl an. Da ich nicht wusste, was ich damit anstellen sollte, knüllte ich das Stück kräftig zusammen, nachdem der Fremde eine entsprechende Handbewegung gemacht hatte. Als ich meine Hand öffnete, sprang die Folie in ihre ursprüngliche Form zurück. Ich war verblüfft und versuchte es gleich noch einmal mit demselben Ergebnis. Egal wie oft ich das Stück zerknüllte oder verdrehte, es nahm jedes Mal wieder seine Ursprungsform an. Diese Folie konnte auf keinen Fall von der Erde stammen! Also musste es wahr sein. Vor mir saß ein Außerirdischer, der mit seinem Raumschiff auf unserer Farm abgestürzt war. Diese Erkenntnis traf mich wie ein Fausthieb. Wie um mich zu trösten stupste mich der Außerirdische kurz darauf sachte am Arm.

Unerwartet ergriff mich ein starkes Gefühl der Sympathie für das verletzte Wesen, das mich veranlasste ihm zu helfen. Ich holte das Motorrad und gemeinsam fuhren wir ungesehen zur Farm zurück. Während der Außerirdische in meinem Zimmer wartete, ging ich in die Küche, um etwas zu Essen zu besorgen. Die gutmütige Farmersfrau hatte ein Steak mit Kartoffeln für mich warm gehalten. Dazu gab sie mir eine Schale mit Erdbeereis. Ohne es zu wissen hatte die gute Seele genau das Richtige getan. Mein neuer Freund, den ich Bobby getauft hatte, griff zielstrebig nach dem Eis und weigerte sich etwas anderes zu sich zu nehmen. In den nächsten Tagen wunderten sich alle auf der Farm, dass ich mich völlig isolierte und nur noch blicken ließ, um aus der Küche Eis zu holen.

Bobby erholte sich schnell und verdrückte jeden Tag mit Begeisterung große Mengen Eis. Nach ein paar Tagen war er mir richtig ans Herz gewachsen und ich versuchte, ihm etwas über das Leben auf der Erde beizubringen. Bobby sprach nicht, doch zu meinem Erstaunen konnte ich spüren was er fühlte und er schien zu wissen, was in mir vorging. Ich spürte seine Begeisterung über Erdbeereis genauso, wie mich seine Angst durchflutete, wenn Militärjets vorbeiflogen. Wie sich ein paar Tage später herausstellte, war seine Angst sehr wohl begründet.

Der Farmer schicke mich nach Roswell, um Besorgungen zu machen. In der Stadt fielen mir die schwarzgekleideten Männer sofort auf, die mit steifen Bewegungen die Passanten auf der Straße ansprachen. Jeder macht instinktiv einen Bogen um sie, doch die Männer schafften es immer ihr Opfer zu erwischen. Meine Versuche ihnen aus dem Weg zu gehen glückte eine Weile, doch als ich aus dem Eisenwarenladen kam stand ich ihnen gegenüber. Die Männer schienen zu wissen wer ich war. Sie befragten mich mit ausdrucksloser Stimme, ob mir in den letzten Tagen etwas Merkwürdiges auf der Farm aufgefallen war, ob Lebensmittel verschwanden oder ob es Anzeichen dafür gab, das sich nicht befugte Personen auf dem Gelände aufhielten. Als ich begriff, dass sie nach Bobby suchten, begann ich zu stottern. Ich stammelte unzusammenhängend etwas von verdammten Viehdieben, die sich bloß nicht auf der Farm blicken lassen sollten. Nach einer Weile schienen sie genug von meinem Gefasel zu haben und ließen mich gehen.

Ein ungutes Gefühl ließ mich sofort nach Hause fahren. In meinem Zimmer erwartete mich Bobby in meiner Kleidung. Natürlich waren ihm die Sachen zu groß. Ich krempelte Hosenbeine und Ärmel hinauf und setzte ihm meinen Hut und eine Sonnenbrille auf. Ich wusste, dass er die Farm verlassen würde. Als er ging, spürte ich seine Dankbarkeit und seine Warnung, die ich leider nicht ernst nahm.

Eine halbe Stunde später zerbrach mit einem lauten Knall die Fensterscheibe in meinem Zimmer. Rauch füllte den Raum und ich verlor das Bewusstsein. Als ich wieder zu mir kam stellte ich fest, dass ich in eine Zwangsjacke geschnürt war. Auf einem Stuhl vor mir saß einer der Anzugträger, die mich in der Stadt angesprochen hatten. Desinteressiert teilte er mir mit, dass ich unter schweren Wahnvorstellungen litt, die ab sofort stationär behandelt würden. Die darauffolgenden Jahre nahm ich wie im Traum wahr, da mir mehrmals täglich Medikamente verabreicht wurden. Einmal konnte ich Bobby spüren, der Todesangst hatte, die sich auf mich übertrug. Nach diesem Vorkommnis wurde meine Medikamentendosis erhöht und ich erinnere mich an rein gar nichts bis Kyle zu mir kam.

Kyle ist der Enkel meines verstorbenen Bruders, der bis vor zwei Jahr nichts von mir wusste. Er wollte mich kennenlernen und machte das Pflegeheim ausfindig in dem ich untergebracht war. Nach ein paar Besuchen von Kyle nahm ich meine Umwelt langsam wieder wahr und glaubte, dass ich mir Bobby tatsächlich nur eingebildet hatte. Ich weiß nicht, ob meine Medikamentendosis wegen meines Eingeständnisses oder wegen Kyles regelmäßigen Besuchen reduziert wurde. Ich wurde immer klarer im Kopf und so zum Ersatz-Grandpa für Kyle und Louise. Was ich für mich behielt war, dass ich Bobby wieder fühlen konnte. Nun wusste ich, dass ich nicht verrückt war. Natürlich behielt ich das für mich.

Vor einem halben Jahr fragte Kyle mich plötzlich nach dem Roswell-Vorfall. Er ließ nicht locker und irgendwann erzählte ich ihm von Bobby. Zum meinem

Erstaunen hielt er mich nicht für verrückt, sondern begann zu recherchieren. Wenn Kyle mir von seinen Ergebnissen erzählte, konnte ich durch Bobby fühlen, ob etwas der Wahrheit entsprach oder nicht. Durch die geringere Medikamentendosis war unsere gegenseitige Verbindung wieder völlig in Takt.

Als mir mein Enkel von seinem außergewöhnlich begabten Kommilitonen erzählte, der einen Traumjob bei der NASA ergattert hatte, spürte ich Bobbys Interesse. Der arme Kerl war seit Jahren auf einem fremden Planeten allein auf der Flucht und suchte verzweifelt nach einer Möglichkeit in seine Welt zurückzukehren. Sein Problem war, dass es bisher keinen irdischen Antrieb gab, der diese gewaltige Strecke bewältigen konnte. Und nun bist du, lieber Sebastian, federführend für die Entwicklung eines Antriebs, der genau das schaffen kann. Ich bitte dich aus tiefstem Herzen für Bobby um Hilfe."

Sebastian saß schweigend da. Im Geist ging er Grandpa Barnetts Geschichte wieder und wieder durch. Es konnte keine Außerirdischen geben, davon hätte die Welt erfahren – andererseits glichen die Fotos, die er gesehen hatte, auf erschreckende Weise der Erzählung des alten Mannes. Die Tatsache, dass Grandpa Barnett Jahrzehnte in psychiatrischer Behandlung war, konnte er zudem nicht außer Acht lassen. Er wusste nicht, was er glauben sollte.

„Vielleicht hilft dir das hier die Wahrheit zu erkennen." Louise drückte ihm ein Stück Alufolie in die Hand. Er konnte sich nicht vorstellen, wie ihm das helfen sollte. Er zerknüllte es und ließ es fallen. Als er auf den Boden sah lag die Alufolie glatt und in voller Größe vor seinen Füßen. Er hob sie auf und zerknüllte sie erneut, dann drehte und faltete er sie. Doch was er auch damit anstellte, die Folie sprang jedes Mal in ihre Ursprungsform zurück.

„Was ist das?" fragte Sebastian staunend.

„Das ist das Stück Folie, das Grandpa Barnett damals von Bobby bekommen hat. Die Frau des Farmers hatte, nachdem Grandpa Barnett abgeholt wurde, seine Sachen zusammengepackt und an meine Familie geschickt. In all den Jahren ist der Koffer auf dem Dachboden in Vergessenheit geraten. Dort habe ich ihn durch Zufall gefunden. Wegen der Folie hat Kyle Grandpa Barnett auch auf den Roswell-Vorfall angesprochen. In den Geschichten wird diese Art Folie immer wieder erwähnt, " sagte Louise.

Sebastian betrachtete das Stück Folie von allen Seiten. Er konnte sich nicht ansatzweise vorstellen, um welches Material es sich handelte. Ihm war nichts Ähnliches bekannt, außer dem Stück Folie, dass Dr. Greyson dem anderen Mann vor die Füße geworfen hatte.

„Also gut", sagte Sebastian entschlossen. „Ich bin bereit mich mit Bobby zu unterhalten. Wo finde ich ihn?"
Grandpa Barnett strahlte über das ganze Gesicht. „Das freut mich zu hören. Mach dir keine Gedanken darüber Sebastian. Bobby wird dich finden."

Im nächsten Moment barsten die Fenster, durch die Rauchgranaten geworfen wurden.
„Was passiert hier", kreischte Louise, während sie versuchte Mund und Nase mit den Armen zu schützen.
„Die Männer in schwarzen Anzügen haben uns gefunden", hustete Grandpa Barnett, der zusah wie Kyle auf dem Boden herumkroch.
„Wie kann das sein? Woher wissen die, wo wir sind?" rief Kyle der versuchte eine Rauchbombe mit einem Kissen abzudecken.
Sebastian schlug sich mit der Hand an die Stirn. „Fuck! Kyle! Du hast für die Essensbestellung deine Kreditkarte und dein Smartphone benutzt. So haben sie uns gefunden!" Er stöhnte frustriert bevor er das Bewusstsein verlor.

Grelles Licht schmerzte in Sebastians Augen. Er versuchte sie instinktiv mit den Armen abzuschirmen, konnte sich aber nicht bewegen. Eine Zwangsjacke verhinderte jede seiner Bewegungen. Seine Fußgelenke waren an einen Stuhl gefesselt.

„Eine Vorsichtsmaßnahme", sagte der Mann im schwarzen Anzug, den Sebastian schon im geheimen Zimmer und mit Kyle im Pflegeheim gesehen hatte.

„Sie haben eine schlimme psychische Störung, die starke Wahnvorstellungen auslöst. In ihrem Wahn haben sie zwei Geiseln genommen, die ihnen helfen mussten einen pflegebedürftigen Greis zu entführen. Aber bitte machen sie sich darum keine Sorgen. Einen herausragenden Raumfahrtingenieur wie sie lässt die Regierung nicht im Stich. Ihnen stehen die wirksamsten Behandlungsmethoden zur Verfügung."
Der Mann lachte böse.

An die weitere Zeit konnte sich Sebastian nur wie durch einen Nebel erinnern, in dem bunte Pillen und schmerzende Spritzen herumwaberten. Anfangs versuchte er noch gegen den Medikamentenrausch anzukommen, gab aber irgendwann hoffnungslos auf. Er wurde mehrmals in neue psychiatrische Anstalten gebracht, in der ihn jedes Mal ein Psychiater im schwarzen Anzug erwartete – bis er dieses Mal vor einem Psychiater in Cordhose und Hausschuhen saß.

„Das ist meine Geschichte, darum bin ich hier", sagte Sebastian zu seinem Zuhörer, der wissend nickte.
„Ich schlage vor…" begann sein Gegenüber, wurde

jedoch abrupt von Sebastian unterbrochen, der hektisch auf seinem Sessel herumrutschte.

„Moment! Wie sagten sie, soll ich sie nennen?"

„Ich sagte, sie können mich Bobby nennen." Dabei zog er einen Fuß aus dem Hausschuh, der wie ein dicker fleischiger Vogelfuß mit drei Zehen aussah.

„Sie sind kein Psychiater! Sie sind Grandpa Barnetts Bobby! Der Außerirdische, den er versteckt hat!" rief Sebastian atemlos.

„Ja, der bin ich. Ich bedanke mich, dass sie sich bereit erklärt haben, sich mit mir zu treffen."

Sebastian setzte an, um eine Frage zu stellen, doch Bobby winkte ab.

„Um ihrer Frage zuvor zu kommen. Grandpa Barnett und seine Enkel leben, sind aber in einer ähnlichen Lage wie sie. Deshalb kann ich keine Verbindung aufnehmen. Und nun sollten wir gehen."

Bobby griff nach einem Telefonhörer, und kurze Zeit später kam Carlos mit einem Rollstuhl herein.

„Ihr Psychiater hat heute Morgen ihre Verlegung veranlasst, da diese Institution nicht die nötigen Sicherheitsstandards bietet, auf die ein besonderes Mündel der CIA ein Anrecht hat. Da Dr. Blackson verhindert ist, werde ich mich persönlich um ihren Transport kümmern. Bitte nehmen sie im Rollstuhl Platz, damit Carlos sie zum Auto bringen kann." Bobby lachte vergnügt, als ob es sich um einen Sonntagsausflug handelte.

Die kleine Gruppe verlies ohne aufgehalten zu werden das Gebäude. Der Wagen, den Carlos im hinteren Teil der Tiefgarage geparkt hatte, war in Sichtweite als Bobby sich erneut an Sebastian wandte.
„Ich bin sehr an ihrer Forschung zu der neuartigen Antriebstechnik..."

Ein Schuss dröhnte in Sebastians Ohren. Neben ihm viel Carlos auf den Boden, der sich unter seinem Kopf rot verfärbte. Ein dutzend bewaffneter Männer in schwarzen Anzügen verstellten ihnen drohend den Weg. Sie waren voll und ganz auf Bobby konzentriert, der still dastand. Sebastian, der erkannte, dass ihn die Männer noch unter Medikamenteneinfluss glaubten, ließ sich unbemerkt zur Seite sinken, bis sein Arm den leblosen Körper am Boden berührte. Es kostete Sebastian all seine Selbstbeherrschung um Carlos' Hosentasche abzutasten. Nach endlosen Minuten hatte er den Autoschlüssel gefunden und an sich genommen. Als die bewaffneten Männer wenig später von einem vorbeifahrenden SUV abgelenkt wurden, drückte Sebastian Bobby die Autoschlüssel in die Hand. Den Überraschungsmoment nutzend sprang er schreiend aus dem Rollstuhl, dem er gleichzeitig einen verzweifelten Tritt versetzte. Der Rollstuhl schoss wie eine Bowlingkugel in die Gruppe der schwarz gekleideten Männer, die mit den Armen rudernd alle Mühe hatten, sich auf den Beinen zu halten. Dieser kurze Moment des Chaos reichte aus, damit Bobby in den Wagen springen und mit quietschenden Reifen die Auffahrt hinaufrasen konnte. Die Schüsse, die ihm die schwarzgekleideten Männer hinterherschickten, zertrümmerten die Rückscheibe des Autos, konnten Bobby aber nicht aufhalten. Innerhalb weniger Sekunden war er aus Sebastians Blickfeld verschwunden.

Sebastians fühlte tiefe Erleichterung über Bobbys Flucht, die sich durch lautes Händeklatschen in Angst umwandelte.
„Sehr gut. Sie sind die kleinen Unannehmlichkeiten, die sie uns ständig bereiten, mehr als Wert Herr Ophis."
Sein Chef bei der NASA, Dr. Greyson, stand in Begleitung eines zweiten Mannes applaudierend vor ihm. „Erst liefern sie uns Ergebnisse zum neuen Antrieb in einer Zeit, die wir in unseren kühnsten Träumen nicht erwartet hätten, und dann bringen sie uns dem letzten Roswell-Überlebenden so nahe wie wir ihm seit 1947 nicht mehr waren. Aber genug von alten Geschichten. Darf ich ihnen Dr. Blackson vorstellen? Er ist ihr neuer Psychiater, der ihnen mit allen erforderlichen Mitteln dabei behilflich sein wird, ihre Wahnvorstellung zu eliminieren."

Inhaltsverzeichnis

Daniela Ganghof
Man sitzt insgesamt viel zu wenig am Meer	19
Royal Romance	47
Zugvögel	83

Petra Gerlach
Der kleine weiße Hase	25
Pink Berry	45
Jahresimpressionen	61
Schneeflöckchen	93

Ranjana Knoll
Der rote Lippenstift	33
Nein Danke!	57

Frank Otte
Nie wieder Anhalter	7
Bienenkotze	39
Konkurrenzkampf	89

Elfriede Rodermund
Auf Hochzeiten und Beerdigungen...	11
Muscheln	51
Frau Enderlein	65

Daniela Schneider
Der vermutlich kürzeste Krimi der Welt	59
Der Psychiater	95

Diana Wieser
Meilensteine meiner Erziehung	73